TAKE
SHOBO

# ママになっても溺愛されてます♥

## 孤独な侯爵と没落令嬢のマリッジロマンス

すずね凜

*Illustration*
天路ゆうつづ



蜜猫
MitsuNeko

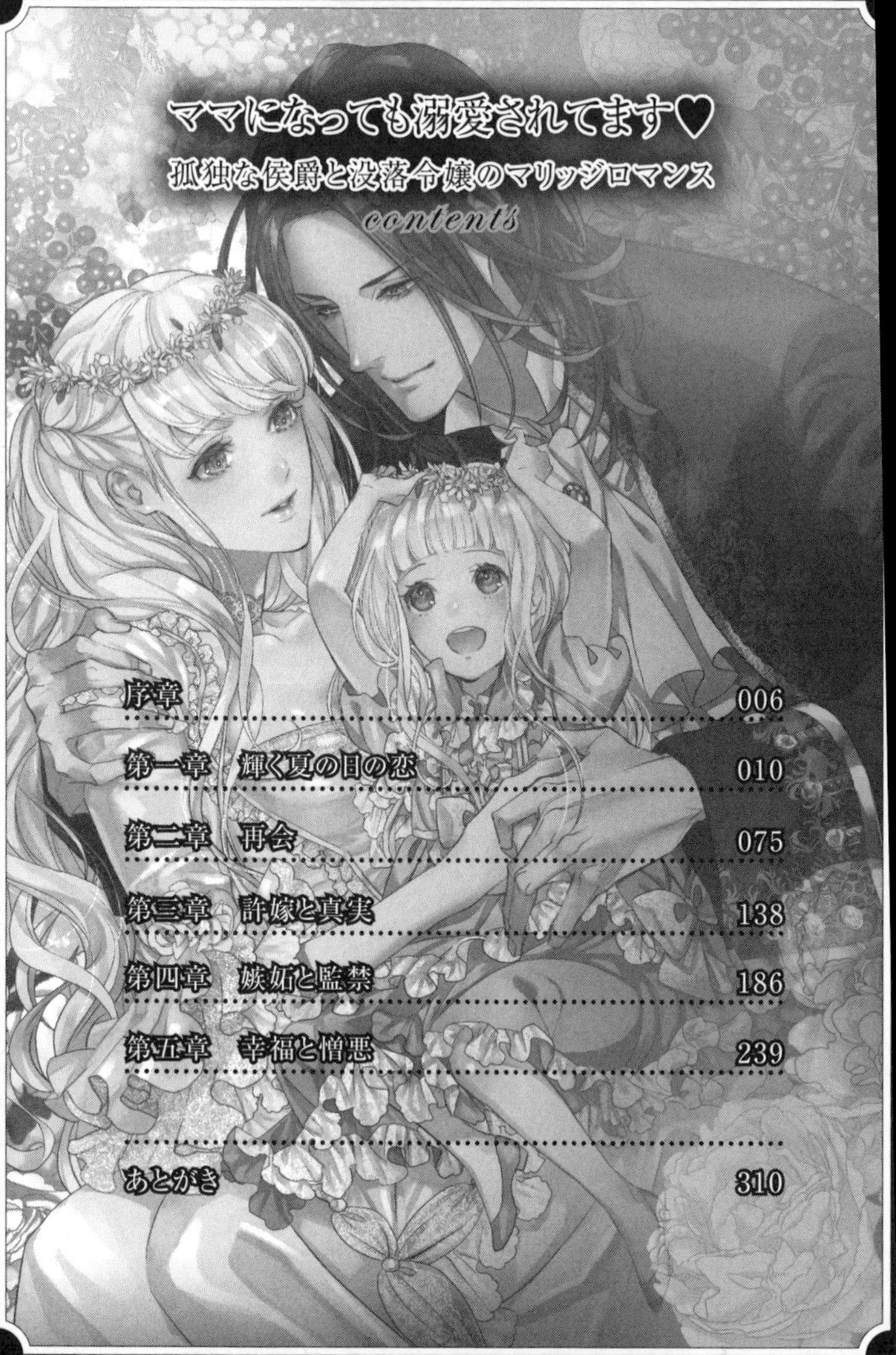

# ママになっても溺愛されてます♥
## 孤独な侯爵と没落令嬢のマリッジロマンス

*contents*

イラスト／天路ゆうつづ

# ママになっても溺愛されてます

孤独な侯爵と没落令嬢のマリッジロマンス

# 序章

「ママ、ママ、あのね、あのね。うらの丘にいっぱいキンポウゲのお花がさいたの。とりにいってもいい？」

ひとり娘のニコレットが、宿屋『駒鳥亭《こまどりてい》』の勝手口から、パタパタと駆け込んできた。

くりくりした青い目が愛らしく、透き通るような白い肌、苺《いちご》のように赤い唇、まるで教会の聖堂の天井に描いてある天使のような美少女だ。小作りの顔を包む絹糸のようなブロンドの巻き髪がふわふわとなびく。ほっそりした肢体に纏《まと》うピンクのセミロングのドレスは、母であるリュシエンヌの手作りだ。

厨房《ちゅうぼう》で大きな寸胴鍋《ずんどうなべ》で夕食用のシチューを煮込んでいたリュシエンヌは、肩越しに振り返って答える。

「それなら、そこの花籠を持って行って、お客様のお部屋に飾る分も摘んできてもらえるかしら？」

ニコレットがにこっとする。

「うん、いいよ！　いってきまーす」

花籠を大事そうにかかえて、ニコレットが勝手口から飛び出していく。

「ニコレットは、また背が伸びたかい？　もう三歳、だっけ？」

隣で野菜を刻んでいたこの宿屋の女主人であるマリアが、皺《しわ》だらけの顔をほころばせる。

「ええ、おかみさん。今年で三歳になります」

リュシエンヌは娘の成長に目を細めた。

「あんたが大きいお腹《なか》で、この宿屋にやってきたのが、つい昨日のようだよ」

マリアも感慨深い声を出す。

「あの時、旦那さんとおかみさんに救っていただけなかったら、今のわたしたちはありません。本当に感謝しています」

リュシエンヌは心を込めて言った。

「何を言うかい。子どものいない私たち年寄りにとって、あんたとニコレットは、本当の娘と孫のようなんだ。遠慮なんかしなくていいんだよ」

マリアの優しい言葉に涙が出そうだ。

「ありがとう、おかみさん」

しばらくすると、背嚢《はいのう》を背負い猟銃を肩に担いだがっちりした体型の白い髭《ひげ》の老人とニコレットが、手をつないで勝手口から入ってきた。

「裏の原っぱでニコレットに出会ったんでね。一緒に帰ってきたよ」

白い髭の老人は、この宿の主人オットーだ。

「ママ、おじいちゃんは、大きなウサギをつかまえたんですって——はい、お花よ」

ニコレットが黄色いキンポウゲでいっぱいの花籠を差し出した。

「まあありがとう。じゃ、ママの代わりにこのお鍋をかき回してくれる？　ママ、宿のお部屋に花を飾ってくるわ」

リュシエンヌの言葉に、ニコレットはこくりとうなずき、厨房の隅の椅子を引きずってきた。薪《まき》コンロの前に椅子を固定すると、その上によじ登る。隣のマリアが気遣わし気に声をかけた。

「気をつけてね、ニコレット。落ちないように」

「へいき、へいき、おばあちゃん」

ニコレットは一人前の表情で、柄杓《ひしゃく》を握って鍋をかき回し始めた。

「それじゃ、おじいちゃんがニコレットのために、ウサギのしっぽのお守りを作ってやろうな」

オットーはテーブルに向かい、背負っていたリュックから獲物のウサギを取り出している。

ニコレットがうわーい、と歓声を上げる。

そんな三人の様子を微笑《ほほえ》ましく見ながら、リュシエンヌは花籠を提げて宿の部屋へ向かう。

食事処のテーブルに、小さな花瓶で花を生けながら、リュシエンヌはふと、四年前、十六歳の夏のことを思い出した。

あの夏の日も、こうやって部屋で花を生けていた。

そして――運命の男性《ひと》と出会ったのだ。

ジャン＝クロード・ドラクロア侯爵。

リュシエンヌの最愛のひとであり、ニコレットの父であるひと。

ニコレットの青い目は父親譲りだ。

でも、今はここにジャン＝クロードはいない。

いや、彼は自分に子どもが生まれたことすら知らないだろう。ジャン＝クロードのことを思うと、リュシエンヌの胸は切なさと愛《いと》しさでいっぱいになる。

けれどもう、二度と会わないと決めたのだ。

リュシエンヌはそっとため息をつく。

(後悔はしていないわ――わたしが選んだ道だもの)

込み上げてくる寂しさを、リュシエンヌは懸命に押し殺した。

# 第一章　輝く夏の日の恋

大陸の北の半島にあるバイヨル王国は、豊かな森と湖に囲まれている。

国王が在住し、政《まつりごと》の中心である首都は、鉄道馬車が縦横無尽に走り、高い建物が立ち並ぶ整備された石畳の大通りには、ガス灯が完備されて夜でも明るい。最新の文化と流行の発信地だ。

一方で、地方は美しい自然が豊かに残り、林業と農業がバイヨル王国の主な産業である。


十六歳のあの夏のことを、リュシエンヌは生涯忘れないだろう。


満々と水をたたえた湖のほとりの、古城を改築した美しい別荘。

庭に咲き乱れる夏薔薇《ばら》。

日差しはまっすぐ降り注ぎ、空はどこまでも青かった。

手を取り合ってそぞろ歩く湖畔の小道。

頭一つ分も背の高い彼が、愛おしげに見つめてくる。

ジャン＝クロード・ドラクロア侯爵——別荘の若き当主。

艶やかな黒髪、知的な切れ長の青い目。すらりと筋肉質の体躯《たいく》。彫刻のように整った美貌。

あまりに美麗すぎて、少し冷たく感じるほどだった。その形の良い唇から艶めいたバリトンの声が漏れ出る。

「リュシエンヌ、愛している」

あまりに幸せで、リュシエンヌは息が詰まりそうだ。

「わ、わたしも——わたしもお慕いしています。ご当主様」

ジャン＝クロードが美麗な眉をかすかにひそめる。

「いつまでそんなよそよそしい——ジャン＝クロードと呼んでおくれ」

リュシエンヌは一瞬躊躇《ためら》う。

別荘の管理人の養女である自分には、ジャン＝クロードは雇人《やといびと》であり主人である。財産もない落ちぶれた男爵の娘の自分と、首都でも有数な富豪で名家であるジャン＝クロードでは、あまりに身分が違いすぎる。

それなのに——恋に落ちてしまった。

一目見るなり、心奪われてしまった。

それはジャン＝クロードも同じだったという。

生まれて初めて、女性にときめいたと。

「ジャン＝クロード……様」

おずおずと名前を呼ぶと、彼は白い歯を見せて微笑んだ。

その眩《まぶ》しい笑顔に、心臓がきゅんと甘く疼《うず》く。

「私の可愛《かわい》いリュシエンヌ——今夜」

ジャン＝クロードが声を潜ませる。

「お前が欲しい——お前を奪ってもいいか？」

リュシエンヌは喜びと恥じらいに目眩《めまい》がしそうだ。心臓がドキドキ高鳴り、何度も生唾を飲み込んだ。

「はい……」

かすれた声で答える。

「わたしの全てを——奪ってください」

睫毛《まつげ》を震わせて伏せると、ジャン＝クロードの大きな男らしい手がそっと顔を包み込んだ。

「嬉《うれ》しいよ——私の愛しい小鳥さん」

端正な顔が寄せられ、しっとりと唇を覆ってきた。

「ん、ん……」

優しく啄《ついば》むような口づけが、次第に深いものに変わっていく。

「んぅ、んん、んふ……」

口腔《こうこう》を熱い舌で掻《か》き回されれると、うなじのあたりがじんと甘美に痺《しび》れ、もう何も考えられなくなる。

(愛している、愛しています——今までも、これからもずっと……)

リュシエンヌは胸の中で誓う。

今宵《こよい》、愛しいジャン＝クロードと結ばれる。

その時、リュシエンヌには幸福な未来しか想像できなかった——。


初夏のその日、ドラクロア家の新しい当主が別荘を視察に訪れるということで、普段はのんびりした雰囲気の屋敷の中がばたばた慌ただしい。

「リュシエンヌお嬢様、お庭でお花を切ってきてくださいますか?」

この別荘の管理人であるアダンが、長い柄のついた羽ぼうきで窓のチリを払いながら声をかけてきた。

「わかったわ、アダン。新しいご当主様のお部屋の支度は、わたしがやるから大丈夫」

今年十六歳になったリュシエンヌは、花籠と剪定《せんてい》ばさみを手にして答えた。

アダンはかつて、リュシエンヌの両親である男爵夫妻に執事として仕えていた男で、リュシエンヌの養い親になってからも、ずっと敬語を使ってくる。

ほんとうは親代わりに育ててくれているのだから、目下扱いでいいとリュシエンヌは何度も言ったのだが、アダンは恐れ多いと口調を変えようとしないのだ。

もの心つく前に両親を亡くしたリュシエンヌは、親のことはなにも記憶にないが、アダンの律儀な態度を見るにつけ、きっと心優しいひとたちだったに違いない、と思う。

リュシエンヌは貧しい男爵家に生まれた。

代々の浪費が重なって、父の代には男爵家には借金しか残っていなかった。貧しい中で、両親はリュシエンヌをそれは大事に育てていたという。

だがリュシエンヌが二歳になった直後、両親は不慮の馬車事故で亡くなってしまった。残されたのは抵当に入った屋敷と幼いリュシエンヌだけだった。

没落した男爵家の娘を引き取ろうとする身内は誰もいなくて、長いこと両親に仕えていた老執事のアダンが名乗りを上げてくれた。職を失ったアダンは、幼いリュシエンヌを連れてこの別荘の管理人として働くことになった。

リュシエンヌはここで成長した。読み書きはアダンに教わった。

片田舎の別荘には、首都に本宅のある当主はほとんど訪れず、リュシエンヌはアダンだけを話し相手に、ひっそりと穏やかに暮らしていた。

　半年前、先代の当主が病死し、新たに息子が当主となったと連絡が入った。アダンとリュシエンヌは先代の死を悼《いた》んだが、生活自体は何も変わらない。当主が使うことのない別荘での生活は、今まで通り平々凡々なものだった。

　突如、その新しい当主が、この別荘を訪れると連絡が入ったのは昨日のことである。

　思いもかけない当主の訪問に、アダンとリュシエンヌはおおわらわで準備に追われていた。

　新しい当主が別荘に到着する前に新鮮な生花を飾っておこうと、リュシエンヌは剪定したての薔薇の入った花籠を提げ、客間に向かった。

　部屋に入ると、空気を入れ替えるために開け放った観音開きの窓が、風に煽《あお》られてばたんばたんと音を立てていた。

「いけない」

　慌てて窓を閉めようと近づき、リュシエンヌはふと、奥のソファに人影を感じてびくりと足を止めた。

「――だれっ？」

　泥棒かもしれない。こんな片田舎の別荘だが、裕福な名家らしく調度品は一流のものばかりだ。すぐにでも逃げられるように構えながら誰何《すいか》する。

「――この古臭い肖像画は、外してくれないか」

　ソファに深く背をもたせかけていた人物が、落ち着いた声で言う。

若々しく艶っぽいバリトンの響きに、リュシエンヌの心臓がどきん、と跳ねた。

見知らぬ人物がゆっくりとこちらを向く。

「っ――」

リュシエンヌは息を飲んだ。

二十代くらいの青年だった。少し長めの黒髪、切れ長の青い目、ぞくりとするほど端正な面立ち、オーダーメイドらしい身体にぴったりとしたジュストコールを粋《いき》に着崩して、ひどく都会的だ。

彼はこちらにまっすぐ視線を定め、まじまじと見つめている。

「お前は――この別荘のメイドか？」

威厳のある口調に、リュシエンヌはやっと相手が誰だか理解した。

「ご、ご当主様ですか？」

青年がうなずく。

「そうだ、私が今度当主になったジャン＝クロード・ドラクロア侯爵だ」

リュシエンヌは弾《はじ》かれたように深々と頭を下げる。

「し、失礼いたしました！　ご到着の予定時間がまだ先だったので、気が回りませんでした」

ジャン＝クロードの口調が柔らかくなる。

「いや――早めに到着して黙って入ってしまった私がいけなかった――この別荘には幼いころ

一度来たきりでね。少し思い出にふけっていた」

リュシエンヌはわずかに頭を上げ、ジャン＝クロードを見た。

もっと年配の男性を想像していたので、当主がこんな若々しく美麗なのに驚いていた。若い男性と接したことのないリュシエンヌは、それだけでも緊張してしまう。

どうしてだか心臓のドキドキが止まらない。

リュシエンヌはジャン＝クロードと目を合わせないように近づき、ソファのそばの壁に掛けてある肖像画を指し示した。

「この絵を——外すのですか？」

それは先代の当主夫妻の結婚式の時の肖像画だった。つまり、ジャン＝クロードの両親に当たる人たちだ。リュシエンヌはおそるおそる言う。

「でも、これは先代のご当主様ご夫妻の肖像画で——」

「目障りだ」

リュシエンヌはジャン＝クロードの言葉にひやりとするものを感じ、声を飲み込んだ。

「父母はとっくの昔に離婚している。その上、二人とも故人だ。こんなもの飾る意味がない」

ジャン＝クロードの両親に対する冷淡な態度に、リュシエンヌは驚いた。

先代の当主夫妻の肖像画は、親の思い出のないリュシエンヌにとっては、あこがれの両親像のように思えた。だから、毎日丁重にはたきをかけ額縁を磨いて大事にしていたのだ。

「あの……差し出がましいようですが、これはきっとご両親様の一番幸せでお美しい頃の肖像画でございます。わたしは子どもの頃からこの絵を自分の両親のように思って、大切に扱ってまいりました。よろしければ、このまま飾っていただきたいです」

当主に対して出すぎたことだとはわかっていたが、言わずにいられなかった。

ジャン＝クロードはなにかに心打たれたように、目を見開いた。

「両親の一番幸せな頃――」

彼は口の中でぼそりとつぶやく。

それからわずかに長い睫毛を伏せた。彫りの深い顔に影が落ちて、憂いを帯びてうっとりするほど美しい。思わずリュシエンヌは見惚《みと》れてしまった。

「そうか――そうかもしれぬな」

ジャン＝クロードはひとりごちて、そっと顔を上げた。

口元にわずかに笑みが浮かんでいた。笑うと冷たいと思えるほど整っている美貌が、柔らかくほどける。

その優しげな微笑みに、リュシエンヌの心臓がきゅんと甘く疼いた。

「では、お前の好きにするがいい――お前、名前は？」

リュシエンヌはスカートの裾をつまんで優雅に一礼した。

「リュシエンヌ・アデールでございます」

「リュシエンヌ、お前、ただの使用人ではないな。どこか気品が感じられる」

ジャン＝クロードの視線が痛いほど身体にちくちく刺さる気がした。緊張するが、心地よさも感じる。

「わ、わたしはただの落ちぶれた男爵家の娘でございます」

「やはり生まれの良さは隠せないものだな」

ゆるりとジャン＝クロードが立ち上がった。思っていた以上に長身だ。

リュシエンヌより頭一つ分ほども背が高くて、見上げてしまう。

「リュシエンヌ、私はしばらくこの別荘に滞在しようと思う」

「え――？　ご領地の視察の途中ではございませんか？」

「構わぬ。父の死後、様々な手続きや処理でばたばたしていた。ちょうど休みを取りたいと思っていたのだ――ここは、いいところだ」

ジャン＝クロードが窓から外に目をやる。

「美しい湖、緑滴る森、意心地のよさそうな静かな別荘――避暑にはもってこいだ」

リュシエンヌは心臓がドキドキ早鐘を打ち始めるのを感じた。

ご当主様がしばらくここにおられる――。

なぜか嬉しくて心が躍った。

「それに――美しく心優しい乙女もいる」

「え？」

リュシエンヌはかっと頬《ほお》が熱くなった。

ジャン＝クロードがじっと見つめてくる。

「煙るようなブロンドの髪、深いエメラルド色の瞳、透けるような白い肌——突然、私の前に舞い降りた女神」

「ご、ご当主様……っ」

過分な褒め言葉に舞い上がってしまい、言葉にならない。

「リュシエンヌ——お前のことをもっと知りたい」

わたしも——と言いかけて、あまりに不遜だと思い唇を引き結んだ。

「素晴らしい夏になりそうだ」

低くなめらかな声に心が浮き立つ。

「あ——わたし、管理人のアダンにご到着を知らせてまいります。その後で、冷たいハーブティーをお持ちします」

「うん——よろしく頼む、リュシエンヌ」

ジャン＝クロードがすっと手を差し出した。大きくて指が節くれていて、男らしい手だ。

「あ……よろしくお願いします」

握手などしていいものかと思いつつ、そろりと手を差し出すと、ぐっと強く握られた。

刹那、全身の血が熱くなり、くらくらとめまいがしてその場に頽《くずお》れそうになった。

恋に落ちた瞬間だった。


最高の夏だった。

ジャン＝クロードは、毎朝きちんと六時に起床し、朝もやの立ち込めた森や湖畔をリュシエンヌの案内で散歩した。その後、アダンの心尽くしの朝食を摂《と》り、午前中は読書や書き物に勤《いそ》しんでいる。その間、リュシエンヌは別荘の仕事を片付ける。昼食がすむと、二人は再び森の中を散策した。ジャン＝クロードはしきりにリュシエンヌのことを聞きたがり、また饒舌《じょうぜつ》に首都の暮らしなどを語った。

ジャン＝クロードが話す都会の生活はまるで別世界で、リュシエンヌは目を丸くして聞き入った。彼は話がうまく、ついつい聞き惚《ほ》れてしまう。目をきらきらさせて話に耳を傾けるリュシエンヌを、ジャン＝クロードは目を眇《すが》めて見つめてくる。

その熱っぽい青い目にひたと視線を置かれると、緊張と幸福が入り混じった複雑な気持ちになり、居ても立っても居られない。

内気なたちのリュシエンヌは、ぽつりぽつりと、森の中で見かけた鳥の名前や生態、路端《みちばた》の野草の名前などを話す。ジャン＝クロードはどんなちっぽけなことでも感心して聞いてくれるので、嬉しいけれどなんだか恥ずかしくて、赤面してしまう。

ふとした折、会話がなくなると、無言で並んで歩いた。心地よい緊張をはらんだ雰囲気の中を、ただ歩くだけでもリュシエンヌはとても幸せだった。

養い親のアデンは、使用人の立場のリュシエンヌが当主であるジャン＝クロードと必要以上に懇意にすることを懸念した。

「お嬢様、ご当主様は避暑にこの別荘におられるのです。夏が終われば首都にお帰りになる。どうかそこを肝に銘じて、深入りなさらないことです」

「わかっているわ、よくわかっているの、アダン」

リュシエンヌは何度も頷《うなず》いた。

そんなのわかっている――もしかしたらジャン＝クロードにとって、初心な田舎娘の相手はよい暇つぶしなのかもしれない。

それでも構わない、と思った。

ジャン＝クロードのそばに居られるだけで幸せだ――自分の気持ちを打ち明けたりするのは、彼に迷惑だとわかっている。

きっとこれが最初で最後の恋――だから、ひと夏だけ夢を見たかった。

抜けるような雲ひとつない晴天の日。

リュシエンヌとジャン＝クロードは、湖畔の小さな船着場のベンチに腰を下ろしていた。日差しは強かったが、湖を渡る風はひんやりして汗ばんだ肌に心地よい。

ひとしきり会話を交わした後、ふいに二人は黙り込んでしまう。

凪《な》いだ湖面すれすれに、無数の白い水鳥が飛んでいく。

「——あの白いほっそりした鳥はなんというのだろう？」

ジャン＝クロードがぽつりと言う。

「あれはアジサシというんです。夏の間だけ、この湖に渡ってくるんです」

リュシエンヌは小声で答えた。前にも、同じ質問をジャン＝クロードがしたのを覚えている。

同じように返答したことも。

場の空気を持たせるためにだけ、言ったような気がした。

「そうか——」

再び沈黙が支配する。

リュシエンヌは耳の奥で、脈動がばくばくうるさいくらい騒ぐのを感じた。

ふいにジャン＝クロードが手を伸ばし、リュシエンヌの手をそっと握った。リュシエンヌはぴくりと肩を竦《すく》めたが、手はそのままにしていた。大きな手の温かさが身体全体にじわじわと広がっていくような気がした。

「リュシエンヌ——」

ため息のような掠《かす》れた声で名前を呼ばれ、ふっと顔を向けると、すぐそこにジャン＝クロードの端整な顔が迫っていた。

「あ――」

と思った時には、しっとりと唇を覆われていた。

「ん……」

滑らかで柔らかい唇の感触に、やっと自分が口づけされているのだと気がつく。

「ん、ん……」

初めての口づけに、緊張しきってぎゅっと目を閉じて息を止めてしまう。

ジャン＝クロードの唇が左右にスライドして唇を柔らかく擦ると、背中がぞくぞく震えた。

どうしていいかわからず、唇に力がこもってしまう。

すると、なにか熱い濡《ぬ》れたものがぬるりと唇をなぞった。

「っ……？」

思わず詰めていた息を吐くと、緩んだ唇の間からするっと濡れたそれが侵入してきた。

「……んっ、んぅ？」

相手の舌が口腔をまさぐっているのだと、やっと理解した。

ジャン＝クロードの舌は熱く分厚く、歯列をなぞり、歯茎から口蓋までゆっくりと舐《な》め回《まわ》してきた。

そんな口づけがあるなんて、今の今まで知らなかった。

思わず身を引こうとすると、ジャン＝クロードの片手が背中に回され、ぐっと引き寄せてきた。

「……ぁ……」

男の広く引き締まった胸に自分の胸がぎゅうっと押し当てられ、なぜか服の内側で乳首のあたりがきゅんと甘く痺れる。

自分の反応に狼狽《うろた》えているうちに、ジャン＝クロードの舌が怯《おび》えて縮こまっていた舌を探り当て、絡んできた。

「ふ……あふ……っ」

ちゅーっと音を立てて舌を強く吸い上げられた瞬間、うなじのあたりがきーんと鳴ったような気がして、頭の中が真っ白に染まった。

「や、は、ん、んぅん」

くちゅくちゅと猥りがましい音を立てて、何度も強く舌を吸い上げられ、巧みな唇が舌先を扱《しご》くように前後に動く。

「は、はぁ……は、あぁ」

呼吸が苦しくなり、胸がせわしなく上下した。

背中に回されたジャン＝クロードの手が、ねっとりと上下に撫《な》でさすり、その艶かしい感触に腰が蕩《とろ》けそうなほど甘く感じ入ってしまった。

「んんぅ、ん、んやぁ、あ、は、ふぁ……」

舌がきつく絡むたびにひどく心地よく感じてしまい、未知の感覚に怯えて両手を相手の胸に突っ張って押しのけようとしたが、ちっとも力が入らない。

あまりに濃厚で情熱的な口づけに、初心なリュシエンヌはなすすべもなく、甘い蹂躙《じゅうりん》にされるがままになってしまった。

ジャン＝クロードは顔の角度を変えては、延々と深い口づけを仕掛けてきて、リュシエンヌは四肢から力が抜け、ぐったりと相手に身をもたせかけた。

「……あ、は、はぁ……」

長い長い口づけの果てに、そっとジャン＝クロードの顔が離れた。リュシエンヌの半開きの唇の端から、唾液が糸を引いて滴る。

ジャン＝クロードはその唾液をぺろりと舌で舐《な》めとった。その淫らな仕草にすら、深く感じ入ってしまう。

「……あ、あ、あ……」

頭の中がぼんやり霞《かすみ》がかかってしまい、ただ強烈な口づけの感覚だけは生々しく全身をかけ巡っている。

「リュシエンヌ——リュシエンヌ」

ジャン＝クロードがぎゅうっと強く抱きしめてきた。火照った額や頬に口づけを繰り返し、掠れた声で何度も名前を呼ぶ。

「愛している」

ふいに耳元で熱くささやかれ、一気に正気に戻った。

「っ？」

聞き間違いだろうか、と潤んだ瞳でジャン＝クロードを見上げる。

彼は少し切ないような表情で、まっすぐ見つめ返してきた。

「お前を愛している」

「――ご当主さ、ま……」

耳の奥で鼓動がばくばくと早鐘を打ち、頭がくらくらした。

まだわが耳が信じられない。

焦点の定まらない表情で彼を見上げていると、細い顎に手をかけられさらに顔を仰向《あおむ》けにされた。驚くほど近くにジャン＝クロードの顔がある。彼の青い目に、口づけの余韻に陶酔している自分の顔が映っていた。

「愛している」

ジャン＝クロードがきっぱりと繰り返す。

「お前は？　お前の気持ちを知りたい」

ひたと凝視され、顎を強く掴《つか》まれたままで顔を背けることもできない。

二人は微動だにもせずに見つめあった。

呼吸をするのもはばかられる緊張感が二人を包む。

リュシエンヌの唇から衝動的に言葉が飛び出した。

「あ、愛しております――わたしも……」

告白した瞬間、眦《まなじり》からほろほろと涙が零《こぼ》れた。

「リュシエンヌ――！」

ジャン＝クロードが表情が柔らかく解け、この上なく優しく抱きしめられた。

「ああ――誰かを愛するということが、こんなにも素晴らしいことだったなんて」

ジャン＝クロードはリュシエンヌの白い頬に流れ落ちる涙を、そっと唇で受けた。

「今まで、私は都会のどんな女にも心動いたことはなかった――それが、初めてこの別荘を訪れたあの日――お前に出会って世界が変わったんだ。雷にでも撃たれたような衝撃を受けた」

軽く啄むような口づけをされる。

「無垢《むく》で美しく優しくたおやかな乙女――お前に私は心奪われた」

「ご当主様……わたしも、初めてお会いした時から、心秘かにお慕いしておりました」

今なら臆せず素直な気持ちになれる。

「こんな不遜な気持ち、ずっと隠しておかねばと自分に言い聞かせていました」

ジャン＝クロードがちゅっと音を立てて唇に口づける。

「お前のそういう控えめなところが、とても可愛くて愛おしい――だが、もうこれからはその気持ちを隠すな。どうか、私の気持ちに応えておくれ」

「はい……」

リュシエンヌは胸いっぱいに溢《あふ》れる幸福に気が遠くなりそうだった。

今はこの幸せだけを噛《か》みしめたい。

身分差も夏だけの恋かもしれないことも、すべて忘れて、恋の成就に酔っていたかった。

「愛している、可愛いリュシエンヌ」

「愛しています」

二人は何度も囁《ささや》き交わし、気持ちを伝え合うように唇を啄むような口づけを繰り返した。


黄金色に輝く夏の日々だった。

気持ちが通じてからは、二人は朝から晩までほとんど一緒に過ごした。

手をつなぎ、抱きしめあい、口づけを交わした。

他愛《たあい》ない会話を楽しみ、時には無言で寄り添って互いのぬくもりを感じる幸福に浸る。

なにもいらない、ただ愛する人と一緒にいられればいい――リュシエンヌは心からそう願った。

そして――。

盛夏のある日、手を取り合って夕暮れの湖畔を散歩をしている時――。

「お前が欲しい――お前を奪ってもいいか？」

ジャン＝クロードにそう求められた。

いつかは、こうなるだろうとリュシエンヌにはわかっていた。覚悟はとうにできていた。

処女を捧《ささ》げるのは、ジャン＝クロード以外にはいない。

「はい……」

かすれた声で答える。

「わたしの全てを――奪ってください」

声は震えてしまったが、きっぱり決心ができていた。


その晩――。

アダンが寝についた深夜、リュシエンヌは寝間着にガウンを羽織り、足音を忍ばせてジャン＝クロードの寝室に向かった。

不安で心臓がばくばくいい、足が震えた。

いくら愛する人と結ばれるとはいえ、リュシエンヌには男女の睦ごとについて知識は皆無に近かった。

すべてをさらけ出して抱き合うのだとはうっすらわかっていても、どんな行為をするのか想像もつかない。

痛いのだろうか、苦しいのだろうか――。

処女の本能的な恐怖が、気持ちを臆させる。

ジャン＝クロードの寝所のドアの前で、リュシエンヌはしばらく立ち尽くしていた。

深呼吸を繰り返し、思い切ってノックしようとすると、音もなく内側からドアが開いた。

寝間着姿のジャン＝クロードが立っている。

寝室は灯《あか》りが最小限に落としてあり、ジャン＝クロードの白皙《はくせき》の顔がぼんやり薄暗がりに浮き上がっている。彼の表情は少し緊張しているように見えた。

「やはり――ドアの前でお前が怯えて躊躇《ちゅうちょ》しているような気がしたのだ」

「ジャン＝クロード様……」

羞恥と不安でまともに彼の顔が見られない。

俯《うつむ》いていると、ふわりと身体が宙に浮いた。羽織っていたガウンがするりと床に落ちる。

「あ……」

ジャン＝クロードに軽々と横抱きにされていた。

彼はこつんと額と額をくっつけて、そっとささやいた。

「怖くはない」

ますます心臓の脈動が速まったが、ジャン＝クロードの優しい声に少しだけ気持ちが落ち着く。

「はい……」

「私にすべてまかせて――」

「はい……」

こくんと頷いて、ジャン＝クロードの逞《たくま》しい胸に顔を埋めた。力強い男の鼓動が直に耳に響き、その脈動の速さにジャン＝クロードもまた緊張しているのだとわかった。

「いい子だ」

ジャン＝クロードはリュシエンヌを横抱きにしたまま、ゆっくりと寝室の奥へ歩いていく。

ちらりと顔を上げると、天蓋付きの大きなベッドの前にいた。

当主が訪れない時でも、リュシエンヌは毎日寝室を掃除し、綺麗《きれい》なシーツを敷いていた。よもや、このベッドで愛する人と結ばれることになるなんて、思いもしなかった。

シルクのシーツの上にそっと仰向けに下ろされた。

「リュシエンヌ――」

ジャン＝クロードが、寝間着の帯をしゅるっと解き、前開きの合わせを左右に大きく開いた。ふるんとまろやかな乳房がまろび出る。ジャン＝クロードはそのまますると寝間着を剥《は》ぎ取《と》ってしまう。

「っ――」

素肌が剥《む》き出《だ》しになり、思わずぎゅっと目を閉じてしまう。

思えば全裸を誰かの前に晒《さら》すなんて、年頃になってからは一度もない。ましてや異性の前で生まれたままの姿になるなんて――。

「――美しい。白い肌が輝いて、月の女神のようだ」

ジャン＝クロードが感に堪えないというような声を出す。

「あ、あ……あまり、見ないで……恥ずかしい」

思わず両手で胸元と秘部を隠そうとすると、そっと両手首を掴まれ、シーツの上に押さえ込まれてしまう。

「いや、何もかも、見せてくれ」

艶っぽく囁かれ、背中がぶるっと震えた。身体を強張《こわば》らせたまま、じっとしている。

全身にジャン＝クロードの視線が刺さるようで、なぜだか体温が上がり臍《へそ》の奥の方が落ち着かない。

ふいに大きな手が、すっぽりと乳房を包み込んだ。

「あっ」

驚いて思わず声が出た。

「柔らかい――それに肌が手に吸い付くようだ」

ジャン＝クロードがかすかに吐息を漏らした。

そのままやわやわと乳房を揉《も》みしだかれる。

「あ、あ……」

温かい手の感触が心地よく、そっとため息をついた。なぜか乳嘴《にゅうし》がつんと硬く尖《とが》ってちりちり熱を帯びてくるのを感じる。

と、ジャン＝クロードの長い指先が、その先端をきゅっと摘《つま》み上《あ》げた。

「あっ？」

ぴりっと甘美で未知な感覚がそこから下腹部に走った。

ジャン＝クロードの指に、そのままこりこりと乳首を転がされると、恥ずかしくて仕方ないのに、臍の奥がじんわりと気持ち良く痺れてくる。はしたない気持ちがせり上がってきて、うろたえた。

「や……あ、だめ……」

泣きそうな声で首を振ったが、ジャン＝クロードは手を止めてくれない。乳頭をそっと揉み潰したり、少し力を込めて引っ張ったりして、甘い快感とかすかな痛みの絶妙なバランスでリュシエンヌを翻弄した。

「……あ、あぁ、あ……」

いじられるたびに、下腹部の奥にむず痒《がゆ》いような疼くような感覚がどんどん膨れ上がってきて、いたたまれない気持ちになる。

恥ずかしい部分がきゅうっと切なく締まり、どうしていいかわからずもじもじと太腿《ふともも》を擦り合わせた。

「感じてきた？」

ジャン＝クロードが嬉しげな声を出す。

「これは、どうかな？」

乳房を掬《すく》い上《あ》げるように持ち上げられ、そこにジャン＝クロードの顔が埋められた。

「ああっ？」

疼き上がった乳首にちゅっと音を立てて口づけされ、そのまま濡れた口唇に吸い込まれた。

思わず目を見開いてしまう。ぬるりと熱い舌が乳首に絡みつき、転がしたり吸い上げたりしてきた。

「やあっ、だめ、舐めちゃ、いや……あ、ぁ」

指でいじられるより何倍も気持ち良くて、リュシエンヌは甘い鼻声を止めることができない。擦り合わせている内腿《うちもも》のあたりが、なんだかぬるぬるしてきて、どうしていいかわからなくなる。

「気持ちよいか？」

乳首を咥《くわ》え込みながらジャン＝クロードが顔を上げ、熱っぽい瞳と視線が絡み、恥ずかしくて顔を背けてしまう。

「濡れてきた？」

背骨に響くような甘いバリトンの声で囁かれ、頷くこともできずに身を強張らせたが、確かに恥ずかしい場所がとろりと蕩けていくような気がした。

「わ、わかりません……」

消え入りそうな声で答えると、ジャン＝クロードの片手がゆっくりと下腹部に下りてきた。節ばった大きな手が、内腿をまさぐる。

「やっ……」

ぎゅっと太腿を閉じ合わせようとしたが、力強い手は難なく秘部に潜り込んできた。長い指が薄い和毛《にこげ》を撫《な》で回し、そろりと花弁に触れる。

「あっ」

擽《くすぐ》ったいような痺れるような感触に、ぴくりと身が竦む。

ジャン＝クロードの指先が確かめるようにぬるぬると上下した。

「あ、あ、や……」

「よく濡れている――」

甘く疼いていた陰唇の浅瀬を、繊細な動きで掻《か》き回されると、経験したことのない快感がそこから生まれ、どこか奥の方からさらにとろりとなにかが溢れてくる。

「だめ、あ、いやぁ……ぁ」

くちゅくちゅと猥りがましい水音までたってきて、リュシエンヌは羞恥にいたたまれない。なぜこんな恥ずかしい箇所をいじられて、心地よく感じてしまうのかわからず、イヤイヤと首を振って感覚を振り払おうとした。

「イヤじゃないだろう？　もっとよくしてやろう――ここはどう？」

ぬるついた指が、花弁の合わせ目の上部に位置している、なにか小さな突起のようなものをぬるりと撫《な》で上《あ》げた。

直後、雷にでも打たれたような鋭い喜悦が走り、リュシエンヌはびくりと腰を跳ね上げた。

「ひ？　あ、ああっ？」

ジャン＝クロードが指の腹で円を描くようにそこを撫で回すと、得もいわれぬ甘美な快感が腰を蕩けさせてしまう。

「や、あ、だめぇ、そこ……っ」

「お前が一番感じるところだ――ほら、もうこりこりに硬くなってきた」

ジャン＝クロードは突起の包皮を捲《めく》り上《あ》げ、鋭敏な花芯をじかにいじってきた。

「あ、あぁ、や、あ、お願い……触っちゃ……っ」

じんじん痺れるほど強い快感が次から次に襲ってきて、悦《よろこ》びに頬が火照りいやらしい鼻声が止められなくなる。

「ああどんどん蜜が溢れてきた――可愛いね。感じやすくて可愛い身体だ」

ジャン＝クロードは乳首を舐めまわしながら、鋭敏な花蕾を刺激し続ける。生まれて初めて与えられる快感の凄《すさ》まじさに、リュシエンヌは思考が停止し、もっとして欲しいとばかりに腰がうごめいてしまう。

「やぁ、だめ、なんだか、わたし、わたし……へんに……っ」

シーツを強く握りしめ、触れられている部分からなにか熱い奔流が押し寄せ、理性を奪っていくことに耐えた。

膣《ちつ》の奥がひくひくと淫らに収縮するのを感じる。

「へんになっていいんだ、リュシエンヌ。一度達してごらん」

ジャン＝クロードの声が少し掠れて、息が乱れている。

彼は溢れる甘露を指で掬《すく》い上げ、ぷっくりと膨れた秘玉に塗りこめるようにして指をめぐるしくうごめかせた。

そして、凝りきった乳首に軽く歯を当てて甘噛みする。

感じやすい部分を同時に責められ、リュシエンヌは愉悦に全身が糖蜜のように溶けてしまうかと思った。

「やぁ、そんなにしないで、あ、あ、や、やだ、なにか……あぁ、なにかっ……っ」

リュシエンヌはぎゅっと目を閉じて腰をのたうたせ、あまりに強烈な快感から逃げようとしたが、ジャン＝クロードの巧みな指の動きは止まらなかった。

「あ、あ、あぁ、あ、くる……っ、なにかが……」

瞼《まぶた》の裏がちかちか瞬き、快感が頂点に達した。

「ああ、あぁぁ、あぁっ――」

リュシエンヌはひくっと息を止め、背中を大きく仰《の》け反《ぞ》らした。腰から脳芯まで激しい快楽が走り抜け、なにも考えられなくなった。

ただ、悦びだけが満たしていた。

ガクガクと腰が痙攣《けいれん》し、全身が硬直する。

直後、がっくりと力が抜けた。

「は、はぁ、は、はぁあ……」

詰めていた呼吸が戻り、リュシエンヌは自分の身を襲ったものがなにかわからないまま、はしたなく乱れて声を上げてしまった羞恥で、顔を背けて肩を震わせた。

「――初めてイッたんだね」

顔と指をそっと離し、ジャン＝クロードが身を起こす気配がする。

彼の手が伸びてきて、細い顎を掴んで自分の方を向かせようとする。

「いやいや、見ないで……恥ずかしい……」

自分がどんなに猥りがましい顔をしているだろうと思うと、今すぐこの場から消えてしまいたい。

「だめだ、私をごらん。初めて達したお前の顔を見たい」

視線を強引に合わせられ、潤んだ視界に嬉しげな表情を浮かべているジャン＝クロードの美麗な顔が映る。

「綺麗だ——とても色っぽくてそそる顔つきになった」

「いや……恥ずかしいです」

「愛している」

ふいに愛を囁かれ、リュシエンヌは目を瞬いた。

「愛しているからお前が欲しい——もう、お前とひとつになっても、いいか？　私を受け入れてくれるか？」

ジャン＝クロードの声に切羽詰まったものを感じ、リュシエンヌはこくりと頷いた。

「はい……」

ジャン＝クロードがゆっくりと自分の寝間着を剥ぎ取る。

薄暗がりに、ギリシア彫刻の青年像のように美しく引き締まった男の肉体が浮かび上がった。

リュシエンヌはうっとりと彼の裸体を見つめていたが、下腹部に昂《たか》ぶる男の欲望を目にした途端、息を飲んでしまった。

それはあまりに猛々《たけだけ》しく淫らに反り返っていて、冷たく感じるほど整ったジャン＝クロードの容貌からは、想像もできなかった。あんな巨大なものが、自分の中に挿入《はい》ってくるというのだろうか?

「あ……」

恐怖ですくみ上がり目を見開くリュシエンヌに、ジャン＝クロードがわずかに笑みを浮かべた。

「私が恐ろしいか?」

リュシエンヌは必死で首を振った。

「いいえ、いいえ……少しも……」

声が震えてしまった。

「いじらしいね」

ジャン＝クロードがゆっくりと覆《おお》い被《かぶ》さってきて、優しく髪を梳《す》きながら頬に口づけを繰り返した。

「愛しいリュシエンヌ、ゆっくりとするから、力を抜いて」

耳元でそう囁かれたが、緊張のあまりよけいに身が強《こわ》ばってしまう。

するとジャン＝クロードは羽枕を手にして、それをリュシエンヌの腰の下に押し込んだ。そして、リュシエンヌの膝裏に手をくぐらせ、持ち上げるようにして押し開いた。

「あ……」

M字型に両足が開き、そのあまりにはしたない格好に全身の血がかあっと燃え上がるような気がした。

ジャン＝クロードの片手が濡れそぼった花弁をまさぐり、襞《ひだ》を押し開いてぬぷりと指を突き入れてきた。

「っ――」

その硬い指の異物な感触に思わず眉を顰《ひそ》めた。

ぬぷぬぷと長い指が行き来し、やがてそれが二本に増やされ、隘路《あいろ》を少しづつ広げていくようだ。

「痛いか？」

途中でジャン＝クロードが囁く。

充分濡れているせいか、痛みはない。

「い、いいえ」

小声で答えると、今度は指を抜き差ししながら秘玉をいじられた。

「あ、あぁ、あ……」

まだひりつく花芯から新たな快感が生まれ、膣腔から新たな蜜が溢れてくる。くちゅくちゅと猥りがましい音を立てて抜き差しを繰り返されると、じわりと媚肉の奥が熱くなり快感のようなものを拾い出す。

「ん、は、あ、あっ……」

せつない鼻声が漏れて、媚肉はうねうねうごめいてジャン＝クロードの指を食《は》む。やがてしとどに溢れた愛蜜で、リュシエンヌの股間がぐしょ濡れになると、ジャン＝クロードはようやく指を抜き取った。

「息を吐いて」

彼はそう言うや、自分の下半身をリュシエンヌの足の間に押し入れてきた。

「あっ」

みっしりとした熱い塊が陰唇に押し当たった。そのまま傘の張った先端が、ぐちゅぬちゅと浅瀬を掻き回してくる。

「んん、ふ、はぁ、は……」

疼き上がった蜜口を亀頭で捏《こ》ね回されるのが心地よくなってきて、目を閉じてその感触を味わった。

「リュシエンヌ、もういいか？」

息を凝らしたようなジャン＝クロードの声に、おずおずと目を見開く。

ジャン＝クロードは美麗な顔にうっすらと汗の珠《たま》を浮かべ、なにかに耐えるようなくるおしげな表情をしている。初めて見る欲情している男の顔に、ぞくぞく身体の芯が震えた。

「はい——きて」

リュシエンヌは自然と受け入れる気持ちになっていた。

「リュシエンヌ――」

火照った額や頬に口づけを繰り返しながら、ジャン＝クロードがゆっくりを腰を沈めてきた。

「っ――あっ、あ」

みちみちと太く逞《たくま》しい剛直が隘路を削るように侵入してきた。

「痛……あ、苦しい……」

内壁が大きく押し開かれる痛みと圧迫感に、リュシエンヌは甲高い声を上げてしまう。

いったん動きを止めたジャン＝クロードは、少し腰を引いて浅瀬をぬちゅぬちゅと先端で掻き回してくる。太い血管の浮いた肉茎が秘玉を擦っていく感触が心地よくて、甘い鼻声が漏れてくる。

するとジャン＝クロードはふいに噛《か》み付《つ》くような口づけを仕掛けてきた。

「む、ふ、ぐ……ぅ」

舌の付け根まで強く吸い上げられ、息が詰まって頭が真っ白になった。

その刹那、一気にリュシエンヌは貫かれた。

「ぐ、ぐ、ふぅ……う、うぅ」

圧倒的な質量感と大きな塊にめいっぱい押し広げられた膣襞の痛みに、リュシエンヌは目を見張った。

「ひ……ぐ、ぐぅ」

悲鳴を上げようにも、舌を絡め取られていて声も出ない。

ふいにジャン＝クロードが唇を離し、リュシエンヌは思わず大きく息を吐いた。その瞬間、ジャン＝クロードは灼熱《しゃくねつ》の欲望をぐぐっと根元まで挿入してしまった。

「あ、あ、あぁ……」

隘路がみっしりと埋め尽くされ、あまりに苦しくて身動きもできない。

「く——なんという狭さだ——だが、熱く私に絡みついてくる」

「あ、あ、ジャン＝クロードさ、まぁ」

自分の中に大きく脈打つものの存在を感じ、そこから灼《や》けつくような熱さが生まれて全身に広がっていく。

「痛いか？　リュシエンヌ」

「わ、わかりません……熱くて、苦しい……」

「今、私たちはひとつになったんだよ——私を感じるか？　リュシエンヌ」

ジャン＝クロードが顔じゅうに口づけの雨を降らせてくる。

「わたし、ジャン＝クロード様と結ばれたんですね？」

「そうだ——お前は私のものだ」

眦から感動と興奮で、涙がぽろぽろと零れた。

「あ、ああ、嬉しい——嬉しいです」

「リュシエンヌ」

再び激しく唇を奪われる。

「んふ、ふ、ふぁ、はぁ」

破瓜《はか》の苦痛を忘れようと、今度はリュシエンヌの方からも積極的に舌を絡めていった。

ジャン＝クロードはちゅうっと強く舌を吸い上げながら、ゆっくり腰を引き、再び最奥まで沈めてくる。

「んっ……ふぅ」

激しい口づけの陶酔に紛れてか、最初ほどの苦痛は感じられない。ジャン＝クロードは深い口づけを仕掛けながら、ゆったりとした動きで抽挿を繰り返す。

「……んん、は、ふ、ふぁ……ぁ」

内壁から滲《にじ》み出《だ》すぬるつく愛蜜で、次第に男根の動きが滑らかになるにつれ、痛みの中にあえかな甘い疼きが混じってくる。脈打つ肉茎が媚肉を擦りあげると、かあっと灼けつくような熱さが湧き上がり、背中がぞくぞく震えた。

「ああ、お前の中、すごくいい——中が蕩けてきつく締まって」

ジャン＝クロードがリュシエンヌの唇の端から溢《あふ》れ出《で》る唾液を啜《すす》り上《あ》げ、感じ入った声を出す。

「んふ、あ、あ、ぁ、ジャン＝クロード様……」

「痛いのか？」

「わ、わからない……なんだか奥が痺れて、熱くて……」

「悦くなってきたね――私にしっかりしがみついて――もっと動くぞ」

低く掠れた声が降ってくると同時に、ジャン＝クロードの腰の動きが速まった。

「あ、あぁ、あ、あ」

がくがくと激しく揺さぶられ、媚肉を繰り返し擦りあげられると、尿意を我慢するときのような不可思議な切なさと痺れがどんどんせり上がってくる。

それがどうやら快感に繋《つな》がっているのだと、リュシエンヌはおぼろながらに自覚した。

「や、あ、だめ、あ、だめ……」

リュシエンヌは必死でジャン＝クロードの肩にしがみ付いていた。そうでもしないと、頭が真っ白になってどこかに身体が飛んでいってしまいそうだった。

最奥をずんずんと突かれると、瞼の裏にばちばちと火花が散り、はしたない声を抑えることができない。

「あ、あぁん、ジャン＝クロード様、わたし、恥ずかしい……声が出て……おかしく……」

「いいんだ、おかしくなって、思い切り声を出していい、感じるままに――」

「あ、ふ、そんな……あ、あぁ、は、ぁあ」

「ああまた締まった――素晴らしい、お前の中は」

ジャン＝クロードが甘いバリトンの声でため息をつく。

彼が心地よくなっていることが嬉しくて、同じ快感を共有しているという感覚がリュシエンヌの身体をいっそう熱くさせた。

「……や、あ、も……あぁ」

「可愛いリュシエンヌ、もっと悦《よ》くしてやろう」

腕立てのようにして少し身を起こしたジャン＝クロードは、ぴったりと繋がっている粘膜のあたりをまさぐった。

めいっぱい男のものを頬張《ほおば》っている秘裂をなぞり、充血して大きく膨らんでいる秘玉を探り当てる。愛液まみれの男の指が、凝《しこ》った花芯をぬるぬると転がしてきた。

「ひあ、あ、やあっ」

痺れる悦楽が身体の中心を走り、リュシエンヌは大きく仰け反って声を上げてしまう。

媚肉を擦られる重苦しい快感と、秘玉をもてあそばれる鋭い喜悦が同時に襲ってきて、どうしようもないほど乱れてしまう。

「やめて……そこ、だめ、そんなにしちゃ……っ」

恐ろしいほどの愉悦が襲ってきて、リュシエンヌは目尻から涙を零しながらイヤイヤと首を振った。

「気持ちよいのだろう？　いいんだ、おもうさま感じて——」

ジャン＝クロードはさらに腰の動きを速めてくる。

「はあっ、や、ん、ふぁ、あ、あぁ、あぁん、んんぅ」

もはやはしたない嬌声《きょうせい》を抑えることはできなかった。

生まれて初めてのめくるめく快感に翻弄され、なす術《すべ》もなくただただ甘くすすり泣くことしかできない。

心地よさが辛くなるなんて感覚を、初めて知った。

気がつくと、ジャン＝クロードの肩に強く爪を立てていた。髪を振り乱し、この甘美な責め苦が早く終わることを念じた。そうでないと、ほんとうに自分が自分でなくなりそうで——。

「ああリュシエンヌ、お前は最高だ——もう私も——」

ふいにジャン＝クロードはリュシエンヌの細腰を抱え直し、ずちゅぬちゅと凄まじい勢いで腰を穿《うが》ち始めた。

「あっ、あ、あ、や、だめ、壊れ、ちゃう……っ」

深く突き上げられるたびに熱い波が押し寄せ、意識を攫《さら》おうとする。

「く——リュシエンヌ、もうイクよ——」

ジャン＝クロードが低く唸《うな》った。

そして何度か強く腰を打ち付けてきた後、ぶるりと胴ぶるいして動きを止めた。

「っ——」

びくびくと最奥でジャン＝クロードの屹立《きつりつ》が脈動し、大量の欲望の奔流が迸《ほとばし》った。

「あ、あぁ、あ……あ……」

なにか熱いものがお腹の中をじんわりと満たしていくようで、リュシエンヌは強く目を瞑《つぶ》って、その感覚に耐えた。

「ふ――」

ジャン＝クロードが深く息を吐き、ゆっくりとリュシエンヌの上にくずれ落ちてくる。

彼の引き締まった身体全体が、しっとりと汗に覆われている、

まだ隙間なく繋がった箇所は熱く熱を帯び、耳元にジャン＝クロードの忙《せわ》しない呼吸音が響く。

「ジャン＝クロード様……」

リュシエンヌは潤んだ瞳を開き、そろそろとジャン＝クロードの逞しい背中に両手を回した。

愛する人の肉体がこんなにも愛おしいなんて。

「すまない――あまりにお前が良すぎて、中で終わってしまった。これからは、きちんと外で出すからね――」

ジャン＝クロードが愛おしげにリュシエンヌの額に張り付いた後れ毛を掻《か》き分《わ》けた。

「リュシエンヌ――愛している、私のリュシエンヌ」

顔を起こしたジャン＝クロードが、そっと啄むような口づけをしてくれる。

「ん、ふ……」

身体の奥に愛する人の脈動を受け入れたまま、優しい口づけを受ける幸福感に胸がいっぱいになる。

「愛しています、ジャン＝クロード様……」

見つめ合いながら、二人は何度も愛を囁き合った。

勢いを失っていたジャン＝クロードの男根が、じわじわと硬化してくる。

「もう一度、いいか？　今度はもっとゆっくりとお前の身体を味わいたい」

「あ……」

こういう行為が続けて何度もできるのだと知り、リュシエンヌは耳朶《じだ》まで真っ赤になった。

こくんと頷くと、ジャン＝クロードがゆったりと腰を動かし始めた。

「あ、あぁ……ぁ」

薄暗い部屋の中に、ジャン＝クロードの荒い息づかいと、自分のあえかな喘《あえ》ぎ声が響く。ぐちゅぬちゅと愛液の弾ける淫らな水音。そして、欲情に満ちた甘酸っぱい空気。

身体の奥に、ぼうっと愉悦の火が点《とも》り、それがみるみる全身に広がっていく気がした。

リュシエンヌは目を閉じて、ジャン＝クロードの首に両手を回して抱きつく。

ずっとこうしていたい。

一体となって、愛の成就の悦びに浸っていたい。

この幸せがいつまでも続きますように――。

リュシエンヌはそう胸の奥底で願った。


初めて結ばれてから、二人の情熱はますます燃え上がった。

繰り返し互いを求め合い、与え合い奪った。

ジャン＝クロードはリュシエンヌの身体をすみずみまで愛《め》で、彼女の感じやすい箇所心地よい部分を全て把握し、深い快楽を与えてくる。

目の眩《くら》むような快感を何度も与えられ、リュシエンヌは睦《むつ》みあう幸せに酔いしれた。

そして、ジャン＝クロードは最初の行為の時以来、決してリュシエンヌの中で果てようとはしなかった。必ず直前に引き抜いて、外で欲望を放出する。自分の身を気遣ってくれているようで、リュシエンヌには嬉しかった。


幸福な時間はあっという間に過ぎる。

盛夏から晩夏、そして、太陽の光が力を失い、湖に群れていた水鳥たちが南に向かって旅支度を始める頃――。

とうとう、ジャン＝クロードは首都の本宅に戻ることになった。

秋は、首都の貴族たちがぞくぞく避暑から戻り、社交界が活気付く。

夏季は閉会されていた貴族議会も再開される。

議員の一人であるジャン＝クロードは、否《いや》が応《おう》でも帰宅しないわけにはいかなかった。

＊＊＊＊＊＊＊＊＊

真夏の夜は、静かに更けていく。

ジャン＝クロードは、腕の中で小さな寝息を立てているリュシエンヌの顔を覗《のぞ》き込《こ》む。

今しがたまで情熱的に愛し合っていたせいか、あどけない寝顔にほんのり妖艶な色気が漂っている
ジャン＝クロードはリュシエンヌの頬にまとわりついた後れ毛をそっと撫でつけてやる。

華奢《きゃしゃ》な肩から肉付きの薄い背中にそっと手を這《は》わせていく。背筋はまっすぐ、そして腰のあたりで曲線を描き、まろやかな尻に続いていく。

ほっそりしたしなやかな白い身体は、いくら愛でても愛でたりない気がした。

かつてこれほど誰かを愛おしいと思ったことはなかった。

ジャン＝クロードは自分はずっと、心冷たい人間だと思っていた。

自分以外の人間を好ましく思い、大事にしたい、守りたいなどと感じたことはない。

自分の心が氷のように冷えきってしまったのは、二十年前、両親に連れられてこの別荘に遊びに来てからだ。

ジャン＝クロードがもの心ついた時から、両親は不仲だった。

彼らは幼いジャン＝クロードの面前で、はばかることなく怒鳴りあったり罵り合ったりした。

ジャン＝クロードは父と母のどちらの味方にもなれず、ただ交互に二人の怒りと憎しみに歪《ゆが》んだ顔を見やるばかりだった。

なぜ両親がこんなにもいがみ合うのか。幼いジャン＝クロードには見当もつかない。

ただ、特に母が自分のことを嫌っているというのは、ひしひしと感じていた。

母は、ジャン＝クロードの世話を乳母やメイドに任せきりで、ほとんど抱いてもくれず優しい言葉もかけてくれたことがなかった。

それでも、幼いジャン＝クロードは美しい母が自慢で好きだった。

ジャン＝クロードが五歳になった夏の日。

両親はジャン＝クロードを連れて、この別荘の避暑に訪れた。

それまで家族旅行など一度も経験したことのなかったジャン＝クロードは、無邪気に喜びはしゃいだ。

森と湖に囲まれた小さな別荘を、ジャン＝クロードはとても気に入った。

領地の村の子どもたちに混じって、湖で泳いだり森を探検したりして、のびのび楽しく過ごしていた。

別荘では両親は相変わらずよそよそしかったが、珍しく大きな諍《いさか》いはしなくて、それもジャン＝クロードには嬉しい。

ある時、ジャン＝クロードは森で綺麗な白い花を見つけ、母に見せてやろうと摘んで帰った。

庭に面したベランダから、部屋の中に入ろうとして、両親が言い争っている声にはっとした。

ジャン＝クロードはカーテンの陰に隠れ、おそるおそる部屋の中を覗き込む。

「やっぱり、もう私たちは無理だわ――場所を変えて話し合えば、気持ちも変わるかと思ったけれど、そんなことはなかったわ」

母が泣きじゃくりながら言う。

「私はお前のことを愛しているのに？」

父が硬い声を出す。

母が泣《な》き濡《ぬ》れた白い顔を、キッと父に向けた。

「嘘《うそ》ばっかり。あなたは私の家の身分と財産が目当てだったのよ。それで、私を無理やり妻にしたんだわ！」

「無理やりとはなんだ、人聞きの悪い」

「だってそうだわ。二人きりになった時、いきなり押し倒して――私を陵辱した……！」

「お前を愛するあまり、気持ちが先走ったのだ」

「いいえ違う。手籠《てご》めにしてしまえば、結婚できるからだわ。私はその時に身ごもってしまい、泣く泣くあなたと結婚したのよ」

「妻として大事にしてきたつもりだ」

「知ってるのよ、あなたは結婚前から愛人がいて、本当は彼女の方を愛していた。でもそのひとは財産も身分もなかったから、あなたは仕方なく私を表向きの妻にしたのよ！　そして、その人とはいまでも付き合っているって――」

「――お前――！」

父が絶句する。

母の言うことが図星だったようだ。

母は甲高い歪んだ笑い声を上げる。

「私はばかみたい。愛されない男の子どもを産んで。あの子さえいなければ、私はもっと早くあなたと別れられたのに……！」

母は吐き出すように言う。

「子どもなんて欲しくなかった。あんな子、生まれなければよかったのに……！」

その瞬間、ジャン＝クロードは目の前が真っ暗になり、耳の奥がきーんと鳴って、二人の会話がなにも聞こえなくなった。

彼はじりじりと後ずさりして、その場を離れた。

ベランダから庭に出て、夢中で湖畔まで駆けていった。息が上がり、呼吸が苦しくなっても走り続けた。

涙が後から後から溢れてくる。

ジャン＝クロードは湖岸にうずくまり、声を押し殺して泣いた。

泣いて、泣いて、目が溶けるかと思うほどに――。

(あんな子、生まれなければよかったのに……！)

非情な母の声が頭の中でがんがん反響した。

両親が不仲なのは、自分のせいだったんだ。

母は彼女の人生を奪った自分を、憎んでいるのだ。

生まれてきてはいけなかったのか――。

気がつくと、摘んできた白い花を握り潰していた。

ジャン＝クロードは湖にしおれた花を投げ捨てた。

その時から――ジャン＝クロードの心は凍りついたのだ。

別荘から戻ってほどなく、両親は別居から離婚に至った。

もはやジャン＝クロードはそのことで傷ついたりしなかった。

家を出て行った母のことを恋しいとも思わない。

そして、自分は一生結婚すまい、家族を持つまいと心に誓った。

特に、子どもなど絶対に作らない。

親のせいで不幸になる子どもは、自分だけでたくさんだ。

誰も愛さないし愛されなくてもかまわない——そう自分に言い聞かせて生きてきた。


けれど——。

リュシエンヌに出会ってしまった。

落ちぶれた男爵家に生まれ、貧しく育ち両親にも早く死なれ、こんな片田舎の別荘でひっそりと孤独に生きてきた少女。

恵まれた境遇とは言えないのに、彼女はなんと生き生きとして明るく美しいのだろう。

初々しくたおやかで、でもどこかに凛《りん》とした気品がある。

しなやかなブロンド、エメラルドの瞳、透き通る白い肌、折れそうなほど華奢なのに手触りのよい柔らかな肉体。

彼女のすべてがジャン＝クロードを魅了して止まない。

ひとを愛するという気持ちは、こんなにも熱く焦《じ》れったく心踊り舞い上がるものだったのだ。

彼女を離したくない、自分だけのものにして存分に愛を注いでやりたい。自分の滾《たぎ》る欲望を、彼女の熱くうねる媚肉に何度でも埋め込んでやりたい。

「私のリュシエンヌ——」

ジャン＝クロードは腕の中のリュシエンヌの柔らかなブロンドに顔を埋め、深く息を吸った。

＊＊＊＊＊＊＊＊

(長いようで短かった、夏の三ヶ月だった……)

早朝、洗面所で身支度をしていたリュシエンヌは、鏡の中の自分を見つめてため息をついた。

(ジャン＝クロード様は、もうすぐ首都にお帰りになり――わたしの儚《はかな》い恋は終わりを告げるのだわ)

覚悟していたこととはいえ、もはや身も心もジャン＝クロードに耽溺《たんでき》しているリュシエンヌにとって、あまりに辛い試練だ。

別れの予感のせいか、ここ数日は食欲もなくなり、なんだか身体の調子が良くない。

鏡に映る自分の顔が青白い。

(いけない、こんな陰気な顔をしては……ジャン＝クロード様に余計な心配をかけたくない)

ぱんぱんと軽く頬を叩《たた》き、顔を洗おうと身をかがめた時だ。

「ぐ――」

突然、胸苦しい吐き気が襲ってきて、洗面台にしがみついた。

「う、う、ぐ——」

何度もえずいたが、まだ朝食前で胃の中は空っぽでなにも吐瀉《としゃ》できなかった。

（いやだ——どうしちゃったのかしら……）

口を漱《すす》ぎ、気分が少し良くなるまでその場でじっとしていた。

と、厨房の方からコーヒーを淹《い》れる香りが漂ってきた。

アダンが朝食の用意をしているのだ。

「う、ぷ——」

再び吐き気がこみ上げ、リュシエンヌは胸を押さえてその場にうずくまった。

いったいどうしたんだろうか——何かの病気？

その時、はっと気がつく。

もう二ヶ月ほど月のものが来ていない。

正しくは、ジャン＝クロードに処女を捧げてからずっとだ。

（えっ？　これってまさか……⁉）

初めての時、たった一度だがジャン＝クロードは自分の中で果てた。

あの時に——？

リュシエンヌは自分のお腹にそっと手を当ててみた。まだ平らなそこだがもしかしたら——。

喜びと戸惑いが、いっぺんに襲ってくる。

（わたし、ジャン＝クロード様の御子を宿したの？）

どうしたらいいのだろう。

ジャン＝クロードに告げるべきだろうか？

めまぐるしく頭の中で様々な思考が飛び交った。

（ジャン＝クロード様の愛は真実だと信じている。だからきっと、子どもができたことを喜んで下さるに違いない――そうよ、正直に打ち明けよう）

決心して、ゆっくりと立ち上がった。

朝食の席で、ジャン＝クロードはいつになく真剣な表情で、食後のお茶を運んできたリュシエンヌに声をかけた。

「お前に話がある――大事な話だ。後で書斎に来てくれ」

「はい……」

なんの話だろう。

胸がドキドキした。いい話だろうか、それとも――？

とにかく、子どもができたかもしれないことは、ちゃんとジャン＝クロードに話そう。

後片付けを済ませると、リュシエンヌは書斎に向かった。

そっとドアをノックすると、すぐ内側から開かれた。

「待っていたよ」

ジャン＝クロードは穏やかに微笑んでいる。

その笑顔に、少しほっとした。

ジャン＝クロードはリュシエンヌの背中に手を添え、書斎の中へ導いた。

「そのソファに座って」

「はい――」

促されるまま、ソファに浅く腰を下ろした。

シャツにトラウザーズというラフな格好のジャン＝クロードは、窓際で腕組みをし、庭の方に顔を向けた。そんな何気ない仕草もとても格好がよく絵になっていて、リュシエンヌはうっとりと見惚れてしまう。

ジャン＝クロードはなにか一呼吸置くような感じで目を伏せ、ふいにこちらを振り返る。

「――もうすぐ私は首都の本宅に戻らねばならない。社交界も貴族議会も秋シーズンに入るからね」

「はい――存じております」

「リュシエンヌ」

腕を解き、ジャン＝クロードがゆっくりと近づいてきた。そしておもむろに跪《ひざまず》き、リュシエンヌの両手を握る。

「――素晴らしい夏だった。お前に出会えて、私は生涯最高の幸せを得た」

リュシエンヌはぎゅっと彼の手を握り返す。

「わたしも――ジャン＝クロード様に巡り会えたことを、神に感謝しています」

二人はまっすぐ見つめあった。

リュシエンヌは彼への愛おしさが胸まで溢れてきて、息が苦しいほどだった。

ジャン＝クロードが囁くような声で言う。

「一緒に、首都に来てくれないか？」

「えっ？」

心臓が跳ね上がった。

それって、まさかプロポーズ？

にわかに脈動が速くなり、リュシエンヌは幸福感で頭がくらくらする。

「お前と別れて生きるなんて、もう考えられない。ずっとお前といたい、お前と生きていきたい――だから、私の屋敷に来て欲しい」

「ジャン＝クロード様……わたし、わたし……」

声が震えてうまく言葉にならない。

もちろんです、と言いかけて、直後のジャン＝クロードの言葉に衝撃を受けた。

「恋人として――つまり――その私の愛人として、一緒に暮らして欲しいのだ」

「あ、愛人？」

一気に全身から血の気が引く。

それって、情婦になれという意味なのか？

ジャン＝クロードが苦しげに眉間に皺を寄せた。

「言葉が悪かったか。内縁の妻になって欲しい、という意味なのだ」

「内縁の妻、ですか？」

呆然《ぼうぜん》としていて、まだうまく彼の言うことが理解がいかない。

ジャン＝クロードは苦悩の表情のまま続ける。

「こんな言い方はお前を傷つけているかもしれない、だが——私は生涯結婚はしないと決めているのだ。今後も家族を作ることはしない——侯爵家の跡継ぎには、ゆくゆくは従妹《いとこ》の子どものうちの一人を養子にするつもりだ」

リュシエンヌはごくりと生唾を飲み込み、声を振り絞った。

「そ、それって……ジャン＝クロード様はご自分の御子がいらないとおっしゃるのですか？」

ぴくりとジャン＝クロードの眉が跳ね上がり、彼は吐き捨てるように言った。

「子どもなど——欲しくもない！」

今まで聞いたこともないような冷酷な声だった。

「！——」

リュシエンヌは硬直して息を飲んだ。

はっとしたように、ジャン＝クロードが表情を和らげる。

「私はお前だけを愛している。それは信じてくれ。でも結婚はできない。それもわかってほしい——だが、生涯女はお前一人だと、誓う」

彼は真摯な眼差《まなざ》しで見上げてくる。

リュシエンヌは頭ががんがん痛んだ。

ジャン＝クロードの言葉に嘘偽りはないと確信できた。

彼は率直に正直に話をしてくれた。

なぜ家族を持とうとしないかはわからないが、他の女性と結婚する気はないときっぱりと言ってくれた。

内縁の妻という立場でも、きっとジャン＝クロードは誠実に愛してくれるだろう。

もとよりリュシエンヌは、身分差や立場の違いから、ジャン＝クロードと結婚できるなどとは、思ってはいなかった。

それでもどんな立場になっても、ジャン＝クロードについていきたい、彼と生きたい、と切実に願っていた。

恋人のままだって、愛人だってかまわない、と思っていた。

けれど——今は違う。

もしかしたら、もうこの身は自分一人ではないかもしれないのだ。

リュシエンヌはそっとジャン＝クロードの手から自分の手を外し、お腹のあたりに置いた。

「あの……わたし、少し考えさせていただいていいですか？」

消え入りそうな声で答えると、ジャン＝クロードがひどく哀《かな》しげな表情になった。

「そうだな——やはり、内縁の妻などという私の申し出は、年若いお前には酷だったか。だが、財産等は正式な妻と同等にお前に与えるつもりだ」

リュシエンヌはキッと顔を上げる。

「財産なんて——！　わたしの愛をお金と引き換えにするつもりはありません。ジャン＝クロード様、わたしはなにもいらない——あなたさえいれば……」

言葉の途中でリュシエンヌは唇を噛んだ。

ジャン＝クロードが愛おしげにつぶやく。

「お前のそういう無欲で誠実なところが、とても好ましい」

リュシエンヌは彼と目を合わさないようにして、小声で答えた。

「……明日まで、お返事を待ってくださいますか？」

ジャン＝クロードは頷いた。

「わかった——よく考えてくれ」

彼はゆらりと立ち上がった。

「だが、お前を愛している気持ちは信じてほしい。リュシエンヌ、どうかわかってくれ」

いつもは自信満々な口調のジャン＝クロードが、縋《すが》るような声を出すのが胸に迫ってきた。

「それはわかってます——あなたの愛を疑ったことなど、みじんもありません」

「うん——いい返事を期待している」

リュシエンヌも立ち上がった。

「あの——少し散歩してまいります」

「ああ、行っておいで」

リュシエンヌはドア口に向かいながら、ちらりとジャン＝クロードを振り返った。

彼は背中を見せ、無言で窓から庭の方を見つめている。

その広く逞しい背中がひどく寂しげに見えた。リュシエンヌは思わず引き返して、その背中に抱きつきたい衝動に駆られた。

だが、ぐっと気持ちを押し殺し書斎を後にした。

リュシエンヌはその足で、街外れの小さな医院を訪れた。

無口な老医師がひとりで診察をしていて、待合にはリュシエンヌの他には患者はいなかった。

問診を始めた老医師に、リュシエンヌは言葉少なに自分の妊娠の可能性を話した。

老医師はすぐに診察をしてくれた。

診察台の上でドレスを整えているリュシエンヌに、老医師は抑揚のない声で言う。

「確かに妊娠している。三ヶ月目に入ったところかな」

「！――」

やはりそうだったのか――。

無言になったリュシエンヌに、老医師が少しだけ感情のこもった声色になる。

「産むのかね？　それとも――？」

呆然としていたリュシエンヌは、はっと顔を上げた。

「産みます――！」

自分でも驚くほど決然とした声が出ていた。

きっぱり言った後、身体の奥深いところから、愛する人の子どもを授かった喜びがじわじわとせり上がってきた。

だがすぐに、先ほどのジャン＝クロードの言葉が頭に蘇《よみがえ》る。

（子どもなど――欲しくもない！）

忌々しげなジャン＝クロードの表情がくっきりと脳裏に浮かぶ。

あの人は子どもを望んでいない。

あっという間に絶望感で目の前が真っ暗になった。

医院を後にしたリュシエンヌは、ふらふらと街を抜け、気がつくと湖畔沿いの道を歩いていた。

夏の盛りは太陽の光に煌《きら》めいていた湖は、秋口に入りどんより灰色に淀《よど》んでいるように見える。

リュシエンヌはじっと湖面を見つめていた。

夏の間、ずっと幸せだった。

ジャン＝クロードと出会い、人を愛することを知り、めくるめく官能の悦びも教えてもらった。

正式な結婚はしないが共にずっと生きていこう、と言われた。

ジャン＝クロードを愛している。

心から愛している。

彼の望むように生きたい。

けれど、もう自分の中には違う命が宿っている。

ジャン＝クロードの子ども。

彼に望まれない子。

（でも、わたしは、産みたい。この子を産んで、育てたい……！）

心がそう叫んでいた。

では――決意するしかない。

リュシエンヌは別荘に戻ると、ジャン＝クロードと顔を合わさないように勝手口から入り、ちょうど厨房にいたアダンに声をかけた。

「アダン、お話があるの」

「どうしましたお嬢様、あらたまって――」

アダンが穏やかな顔を向ける。

誰も引き取り手のなかった自分を引き受けて、大事に育ててくれたアダン――彼にだけはきちんと話をしておきたかった。

「驚かないで聞いてね。わたし――」

リュシエンヌが別荘を出たのは、その晩の遅くだった。

小さな荷物をひとつ持ち、別荘の裏口からひっそりと出た。

見送りをしてくれたアダンは涙ぐんでいる。

「お、お嬢様、おいたわしい――こんなことになって」

「ううん、これはわたしが望んだことなの――でも、ジャン＝クロード様には迷惑をかけられない。だから、わたしは行くわ」

「どちらへ？　お嬢様？」

リュシエンヌは首を横に振った。

「アダンは知らない方がいいわ。もし、ジャン＝クロード様があなたを問い詰めたりしたら、あなたにまで迷惑がかかってしまう。それだけはしたくない――」

アダンは皺だらけの顔をキッと上げる。

「いいえ、お嬢様。このアダン、口が裂けてもお嬢様の秘密を漏らすことなどいたしません」

リュシエンヌはにっこりした。

「今までほんとうにありがとう、アダン。わたし、あなたに育てられて幸せだった」

「お、お嬢様――っ」

二人はきつく抱き合って、声を押し殺して泣いた。

それから、リュシエンヌはひとり街道への道を歩き出した。

「お元気で――いつか、いつか連絡をください」

アダンが手を振っている。

「さようなら、アダン」

振り返って手を振りながら、心の中でつぶやく。

（さようなら、ジャン＝クロード様――いつまでもどこまでも愛しております）


その後リュシエンヌは、首都からなるだけ遠い田舎の街にあちこち移り住んだ。

まだお腹が目立たないうちは、住み込みのメイドや店の売り子になって生活費をまかなった。

いよいよお腹が膨れてくると、今までコツコツ貯《た》めた貯金を切り崩して、安い宿屋を転々と泊まり歩いた。

「駒鳥亭」にたどり着いた時には、もはや臨月であった。

そこで産気づいてしまったのだ。

親切な宿屋の老夫婦、オットーとマリアは、親身になってリュシエンヌの出産の世話をしてくれた。子どものいなかった彼らは、リュシエンヌと生まれたニコレットを、我が娘や孫のように可愛がった。

やがてリュシエンヌの身体が復調すると、オットーとマリアはここに一緒に住もうと申し出た。行くあてのないリュシエンヌは、ありがたくそうさせてもらうことにした。

リュシエンヌと老夫婦の愛情に包まれ、ニコレットはすくすくと成長していったのだ――。

# 第二章　再会

「ママー、おばあちゃんがおやつにしようって」

軽やかな足音と共に、ニコレットが部屋に飛び込んできた。どん、と小さな身体ごとぶつけて、リュシエンヌのスカートにしがみ付いてくる。

生けた花の前でもの思いに耽《ふけ》っていたリュシエンヌは、はっと我に返る。

ずいぶん長いこと、思い出に浸っていた。

「ええ、今いくわ」

愛おしげにニコレットの柔らかなブロンドを撫でつけてやると、彼女は身をよじってくすくす笑う。

「くすぐったいー」

ニコレットはリュシエンヌの手をぐいぐいと引っ張る。

「くるみのクッキーだよ、わたしもおてつだいしたんだよ」

「それは楽しみね」

手をつないで部屋を出ようとした時だ。

「っ――」

ふいにニコレットがつんのめるような感じで、床に倒れこんだ。

「ニコレット!?」

転んだのかと思い、リュシエンヌは慌てて抱き起こそうとした。ニコレットの顔が真っ青になっているのに気がつき、ぎくりとする。

「ニコレット？」

そろそろと抱きかかえると、ニコレットははあはあと小刻みに呼吸しながら胸にぎゅっと手を当てた。

「ママ、くるしい……ママ、ここが、いたい……」

抱いている小さな身体がみるみる冷えていく。

リュシエンヌはゾッとして思わず大声を出していた。

「だんなさん、おかみさん！　お医者を呼んできてください！」

厨房の方から何事かと、オットーとマリアが飛び出してきた。

「まあ！　大変！」

「ニコレット、どうしたんだ！　すぐ医者を呼んでくる！」

その場は騒然となった。

オットーが大急ぎで医者を連れてきた頃には、ニコレットの顔には少し血の気が戻っていたが、苦しそうな呼吸はおさまらなかった。

離れにある母娘の部屋の前で、医者の診察を待って、リュシエンヌとオットーとマリアは不安な胸を抱えて立ち尽くしていた。

やがて、金縁眼鏡をかけた初老の医者が看護師と共に部屋から出てきた。

「先生、娘は、ニコレットは？」

リュシエンヌは医者にしがみつかんばかりにして尋ねる。医者は小声で言う。

「お静かに——今鎮静剤を注射したので、静かに眠っています。今すぐ、容態がどうこうなることはないでしょう」

「ああ……」

リュシエンヌたちは、ほっと安堵《あんど》のため息を漏らす。

しかし、医者は険しい表情のままだ。

彼は部屋の窓際まで行くと、リュシエンヌを手招きした。

「お母さん、ちょっとお話があります」

リュシエンヌは緊張して歩み寄った。

「な、なんでしょう？」

「娘さんの容体ですが——」

医者は眼鏡を押し上げて、ゆっくりと言葉を続けた。

「心臓に重大な欠陥が見受けられます」

「えっ……?」

リュシエンヌは相手の言葉の意味がよく飲み込めないで、ぽかんとする。

「おそらく、生まれつき心臓に血液を送る管に小さな穴が生じていたのでしょう」

リュシエンヌは背後から鈍器で殴られたような衝撃を受けた。

「そ、そんな……！　さっきまで元気で飛び跳ねていて……今まで倒れたことなんて、一度もないんですよ！」

「その穴が成長と共に、どんどん大きくなっているんです。今は、必要な血液が心臓に送れない状態になってきている。いずれ、このまま成長すると貧血で頻繁に倒れるようになり、やがては死に至ることも――」

リュシエンヌはショックで足ががくがくと震えるのを感じた。

「ど、どうすれば――治るんですか?」

「娘さんがもう少し成長して――そうですな、五歳くらいになって体力がついたら、首都などの大きな都市に大病院に行って、優秀な心臓外科の医師に手術をしてもらうことをお勧めします」

「手術、ですか……」

リュシエンヌはごくりと生唾を飲み込んだ。

「手術すれば、娘は助かるんですか？」

医者は頷いた。

「さよう——特に首都の中央病院には腕の良い心臓外科医が揃《そろ》っていると聞きます。ただ、大手術になるので、おそらくとてつもない医療費が必要になるかと——」

「医療費……」

「おおよそ、二千マルナほどでしょう」

「二千マルナ⁉」

この宿屋でひと月働いて得る報酬は、一マルナにも満たない。

つつましい暮らしをしてきたリュシエンヌには、蓄えなどほとんどない。「駒鳥亭」の老夫婦にも、財産と言えるようなものはなかった。

とほうもない金額に青ざめて無言になってしまったリュシエンヌへ、医者は励ますように言う。

「今すぐという話ではないので、娘さんが手術を受けられるような年齢になるまでに、どうにか工面なさるとよろしいでしょう」

「……はい」

リュシエンヌは消え入りそうな声で答える。

あと数年で、そんな大金を手に入れる方法など思いもつかなかった。

医者が去ったあとも、リュシエンヌはその場で呆然と立ち尽くしていた。

オットーとマリアが心配そうに声をかけてくる。

「リュシエンヌ、医者の話は聞いたよ。可愛いニコレットためなら、私たちはこの宿屋を売り払っても手術代を工面するから」

「だんなさん、おかみさん……」

二人の思いやり深い言葉に、涙が溢れる。

だが、老夫婦の小さな宿屋を売り払ったところで、いくばくにもならないだろう。それに、恩人であるオットーたちにこれ以上苦労はかけたくなかった。

リュシエンヌは必死で笑顔を取り繕う。

「いいえ、お気持ちだけで充分です、大丈夫、わたしが必ずなんとかしますから！」

力強く言い切ってみせたが、実のところ何の手立ても思い浮かばなかった。

そっとニコレットの寝ている寝室のドアを開く。

窓際のベッドに、小さなニコレットがぽつんと横たわっていて、いかにもいたいけで頼りなげだ。

近づくと、ニコレットはパッチリと目を開けていた。

「まあ、起こしてしまった？」

「ううん、さっきからおきてたの」

ニコレットの声に力がない。

リュシエンヌはベッドの傍に跪いて、ニコレットの小さな手をそっと取った。冷たくなっている手を優しく包む。

「お医者様はすぐに元気になるって。ママがいるから、だいじょうぶよ」

するとニコレットがきゅっと手を握り返してきた。

「うん、もうへいき。げんきだよ」

にこにこと笑いかける笑顔が眩しく愛おしく、リュシエンヌは涙ぐみそうになる。

（なんとしても、助けるから……！）

その晩。

ニコレットの枕元の椅子に座りその寝顔を見つめながら、リュシエンヌは必死で考えた。

心当たりは一人しかいない。

ニコレットの父親であるジャン＝クロードだ。

彼はこの国でも有数の富豪だ。

ジャン＝クロードなら手術代を払う財力は充分にある。

だが――。

二度と会わないと誓ったのだ。

子どもはいらないと断言したジャン＝クロードに秘密で、彼の子どもを産んだのだ。ジャン＝クロードからしたら、とてつもない裏切り行為かもしれない。

それを――いまさらどの面を下げてジャン＝クロードに会いにいくというのか――。

リュシエンヌは唇を嚙《か》み締《し》めた。

今でもジャン＝クロードを愛している。

愛しているから、彼の意に反してもニコレットを産んで、愛情込めて育ててきたのだ。

でも、ニコレットも愛している。

救いたい、治したい。

その力を持っている唯一の人が、ジャン＝クロードなのだ――。

一晩中、リュシエンヌは悶々《もんもん》とした。

白々と夜が明ける頃――。

リュシエンヌはこんこんと眠りこけているニコレットの寝顔をじっと見つめた。

（この子を救うためなら、なんでもする。嘲《あざけ》られても、罵られても、構わない。この身と引き換えにニコレットを治せるのなら、どんなことでもするわ……！）

決心がついた。

ジャン＝クロードに会いに行こう。

彼にニコレットの手術代を出してくれるように、借金を頼みに行こう。

だけど、ニコレットがジャン＝クロードの子どもであることは、口が裂けても言うまい、と思った。

数日後――。

ニコレットは体調を取り戻し、以前と変わらないほど元気になった。

医者の話では、今のうちは身体が小さいので、血液不足はそれほど深刻ではないという。ただ、発作がまた起こる可能性があるので、十分に注意が必要だということだった。

リュシエンヌはジャン＝クロードの住む首都に、自分一人だけで行くつもりでいた。

身体に爆弾を抱える小さな娘を、馬車の長旅で大都会に連れて行くには忍びない。

オットーとマリアなら、リュシエンヌを預けるのに信頼が置ける。

それで、ある朝まだニコレットが眠りこけている時間を見計らって、こっそりと出立することにしたのだ。

早朝、まだ朝もやの立ちこめる中、リュシエンヌは宿屋の前にあらかじめ呼んでおいた辻馬《つじば》車《しゃ》に乗り込んだ。

オットーとマリアが見送ってくれる。

リュシエンヌは窓から身を乗り出し、二人の手を握った。

「必ず工面してきますから」

オットーもマリアも涙ぐんでいる。

「都会は危ないから、くれぐれも気をつけて」

「無理はしないでおくれよ」

「わかりました。お二人とも、どうかニコレットをよろしく頼みます」

辻馬車が走り出し、オットーとマリアの姿がみるみる遠ざかる。窓から身を乗り出して宿屋の方を見ると、二人はずっと手を振っていた。

長椅子に深く背をもたせかけ、リュシエンヌは人の情けのありがたさをしみじみ感じる。アダンも宿屋夫婦も、ほんとうにリュシエンヌのことを心から大事にしてくれた。

（なにもご恩返しできないけれど、いつも感謝の気持ちは忘れないでいよう）

そう自分に言い聞かし、首都に着くまで少し休もうかと、傍らに置いた旅行カバンにかぶせてあった大きなショールを手に取ろうとした時だ。

もぞもぞとショールがうごきめき、ぱっとめくれ上がった。ふわふわのブロンドの髪がなびいた。うずくまっていたニコレットが素早く身を起こした。

「ママ！」

「ニコレット⁉」

リュシエンヌは目を見開く。

「あなた、なんでここに⁉」

ニコレットは涙目になる。

「だって、だって、きのう、よる、おじいちゃんたちが、ママがとおくにいっちゃうって、おはなししてたんだもん――だから、さっきこっそり、もぐりこんだの」

そういえば昨夜、ダイニングのソファで眠りこけているニコレットを見つけて寝室に連れて行った覚えがある。その前まで、オットーとマリアがしきりに話し込んでいた。寝ているとばかり思っていたのだが、ニコレットは目を覚まして二人の会話を盗み聞いていたのか。

「どうしてこんなことをするの？　あなたは身体が弱いのよ！」

ついきつい口調になる。

ニコレットはぽろぽろと涙を零す。

「ママといっしょがいいの！　ママじゃなきゃ、いや！」

「ニコレット……」

愛おしさにリュシエンヌは思わずニコレットを抱きしめた。

柔らかく温かく頼りない小さな身体。

リュシエンヌだって、いっときも別れていたくはない。

どうしようか。

迷ったが、こうなったら一緒に連れて行こう、と心を決めた。

遠くからニコレットのことを心配しているより、自分の傍にいる方がかえって安心かもしれない。

「ニコレット、可愛いわたしの天使さん──ママだって、いつもいつもニコレットと一緒にいたいのよ」

「ママぁ……」

ニコレットが涙で濡れた頬を、きゅっと押し付けてくる。

「いい子ね、もう泣かないで。いいわ、ママと一緒にいきましょう」

「ほんと？」

ぱっと上げたニコレットの顔が輝いている。

「ええ。でも、ママからけっして離れちゃだめよ。それと、苦しくなったり気分が悪くなりそうなら、すぐ言うのよ」

「うん、うん、わかった」

あっという間に機嫌を直し、ニコレットはぱあっと満面の笑顔になる。

娘のこの底抜けの明るさに、リュシエンヌは何度救われてきたろう。

(あなたがいれば、ママは強くなれる)

一人で首都に赴くことに心細さを拭えなかったリュシエンヌは、新たな勇気が湧いてくるような気がした。

半日馬車に揺られ、昼過ぎにようよう首都に到着した。

「ニコレット、ニコレット。首都に着いたわよ、もう下りるわよ」

それまでリュシエンヌの膝の上で頭を乗せてうとうとしていたニコレットは、リュシエンヌに揺り起こされ、ぼうっとした顔で起き上がった。

だが窓の外に目をやると、いっぺんで目が覚めたようだ。

「わあ！　たかいおうちばっかり。ママ、おそらがせまいよ。それに、すごいばしゃとひと！」

「ほんとうに、すごいわね」

リュシエンヌも都会の喧騒《けんそう》に息を飲む。

きちんと区分けされた広い舗装されたメインストリートに沿って、石造りの見上げるような建物がずらりと並んでいる。沿道には、等間隔でガス灯が立っている。車道は鉄道馬車や辻馬車がひっきりなしに行き交い、美しくディスプレイされたショーウィンドーの店があちこちにある。石畳の歩道を、洒落《しゃれ》た服装をした人々がひしめき合って歩いている。

野山に囲まれて人家がぽつんぽつんと点在するような片田舎から出てきたリュシエンヌは、まるで別世界に来たような気がした。

ほどなく、首都の中心部の高級住宅街にあるドラクロア侯爵家の屋敷に到着した。

ニコレットを抱いて辻馬車を下りたリュシエンヌは、門前で呆然と立ち尽くす。

高い鉄柵に囲まれた門から覗《のぞ》き見《み》た屋敷は、高い尖塔《せんとう》に囲まれた白を基調とした豪邸で、まるでお城のようだ。

大富豪だと聞いてはいたが、これほどまでとは思っていなかった。

威圧されて立ち尽くしていたリュシエンヌは、

「ママ、すごいねぇ、シンデレラのおしろみたいだねぇ。おうじさまもすんでいるのかな」

と無邪気に感心しているニコレットの言葉に、やっと我に返った。

「そ、そうね。王子様もいるかもしれないわね」

深呼吸をして、鉄扉についているノッカーを叩き、現れた門番に名乗った。

「わたし、リュシエンヌ・アデールと申します。ドラクロア侯爵様にお目通りしたくてまいりました。どうか、取次ぎだけでもしてください」

子連れのリュシエンヌを、老獪《ろうかい》そうな門番は不躾《ぶしつけ》にじろじろ見たが、屋敷に取次はしてくれた。

「侯爵様はすぐにお会いするそうだ。玄関ホールにメイドが待っているから、控えの間に案内してもらいなさい」

そう言って、門を開いてくれた。

リュシエンヌはニコレットの手を引いて中に入り、高い大理石の柱に囲まれた玄関ホールに入った。

玄関ホールだけでも舞踏会が開けそうなくらい広く、吹き抜けの天井には大きなドーム型ガラスの明かり取りがあり、差し込んでくる日差しが眩しいくらいだ。

「うわー、たかーい」

ニコレットが口を開けて天井を見上げている。

待ち受けていたメイドに案内され、一階の廊下の奥にある控えの間に案内される。廊下も広く、壁面にはずらりと高価そうな絵画や彫刻が飾られている。

通された控えの間も絢爛豪華《けんらんごうか》で、眩《まばゆ》いシャンデリア、大きな暖炉、革張りのふかふかのソファに大理石のテーブル、真っ赤な薔薇が惜しげもなく飾られている。

リュシエンヌはソファに浅く腰をかけ、脈動が速まるのを止めることができない。

ジャン＝クロードと四年ぶりに会うのだ。

この日のために、一張羅のよそ行きのドレスを着てきたが、こんな豪奢《ごうしゃ》な屋敷の中ではいかにもみすぼらしい。案内してくれたメイドの制服の方が、よほど綺麗だった。

「ママ、おうじょさまのすむおへやみたいだね、すごいなぁ」

何も知らないニコレットは、はしゃいだ声を出してきょろきょろ部屋を見回している。

「ニコレット、これからママはお話があるから、いい子にしておとなしくじっとだまっているのよ。できる？」

小言で言い聞かすと、ニコレットは口をつぐみこくりと頷いた。

と、かつかつと大股な足音が外の廊下から響いてきて、控えの間のドアが勢いよく開いた。

「リュシエンヌか！　会いたかったぞ」

張りのある弾んだ声とともに、ジャン＝クロードが入ってきた。

「ジャン＝クロード様……」

リュシエンヌは彼をひと目見るなり、こみ上げてくる熱い想《おも》いで胸がきゅんとなった。

いぶし銀色のフロックコートに身を包んだジャン＝クロードは、最後に見たときとほとんど変わらないほど若々しい。白皙の美貌、高い鼻梁《びりょう》に切れ長の青い目、引き締まった形のいい唇――以前は額に垂らしていた前髪を無造作に後ろに撫でつけていて、大人っぽく色気が増していた。

ジャン＝クロードは満面の笑みで足早にこちらに近づいてきた。

と、彼はリュシエンヌの傍にちょこんと腰を下ろしているニコレットを見て、ぴたりと足を止めた。

リュシエンヌは素早く立ち上がった。

「ご無沙汰しておりました――ジャン＝クロード様」

深々と一礼する。

するとニコレットがぴょこんとソファから飛び下り、リュシエンヌの真似《まね》をして一礼した。

「こんにちは、こうしゃくさま！　このおしろのおうじさまなの？」

「ニコレット、座っていなさい」

リュシエンヌに小声でたしなめられ、ニコレットは慌ててソファに戻った。

「失礼いたしました。娘のニコレットと言います」

無言になったジャン＝クロードをそっと見上げると、彼は知的な額に皺を寄せ、胡散臭《うさんくさ》そうにこちらを見つめている。

それはそうだろう。長いこと行方をくらましていたリュシエンヌが、いきなり子連れで現れたのだ。だが、ここで臆してはならない。

「ジャン＝クロード様、突然の来訪に応じていただき、感謝します」

ジャン＝クロードは腕組みして、ゆっくりと向かいの革張りの椅子に腰掛け長い足を組んだ。

「――用向きはなんだ？」

声が硬い。

ジャン＝クロードは身構えているような雰囲気になっている。

リュシエンヌは緊張で喉から心臓が飛び出しそうだったが、深く息を吐いて切り出した。

「あの、私……お縋りする方がジャン＝クロード様しかおられなくて――恥を忍んでまいりました」

ごくんと生唾を飲み込み、思い切って言う。

「いくらか、借財をお願いしたくて……」

ジャン＝クロードの綺麗な眉がぴくりと上がる。

「ほう、金、か？」

吐き捨てるような言い方に、胸がずきりと傷んだ。

だがここで引くわけにはいかない。ニコレットの命がかかっているのだ。

「ずっと母ひとり子ひとりで、生活が苦しいのです。どうか、まとまったお金を貸してください。必ずお返しします！」

ひと息に言って、頭を下げる。

ジャン＝クロードがいぶかしげに尋ねた。

「母ひとり？——お前は結婚していないのか？」

ぐっと言葉に詰まりそうになるが、正直に答える。

「はい……わたしひとりでニコレットを産んで、育てています」

「よもや——私の、子どもか？」

ジャン＝クロードの声が一段と低くなった。

リュシエンヌは胸が抉《えぐ》られるような気持ちだったが、首をきっぱり振った。

「いいえ——わたしだけの子どもです……」

「——」

ジャン＝クロードが押し黙る。

ほんとうは、あなたの子どもです。

ニコレットはあなたの娘なの。

そう叫びたかった。

だがリュシエンヌは、喉元まで込み上げてくるものを必死で抑えた。

ジャン＝クロードは顎に手を当てて、じっとこちらを見ている。

「――で、いくら貸して欲しいというのだ？」

リュシエンヌは唇が震えたが、声を振り絞る。

「二千マルナ――です」

「二千マルナ⁉」

ジャン＝クロードの声が跳ね上がった。

「これはまた、ずいぶんとふっかけてきたものだな。そんな大金が必要なのか？　お前は贅沢《ぜいたく》な暮らしをお望みのようだ」

声に見下げたような調子が混じっている。

リュシエンヌは恥辱に身体中《からだじゅう》が熱くなる。しかし、気持ちを奮い立たせてきっぱりと答えた。

「必要です……！」

ジャン＝クロードがすらりと立ち上がった。

「お前はそんなに恥知らずな女に成り下がったのか？　見知らぬ男との子どもを育てる費用を、私に出せというのか？」

怒りと嘲りを含んだ言い方に、リュシエンヌは涙が溢れそうになる。

今でも心から愛しているのに。

こんな悲しい再会だなんて——。

でも、もう頼るのはジャン＝クロードしかいない。

「お願いです！」

リュシエンヌはソファから滑り下り、ジャン＝クロードの足元にがばっと平伏した。

「お願いします。なんでもします。この命と引き換えでもいいの。お金を貸してください！」

ジャン＝クロードの磨き上げられた革靴に縋り、そこに何度も口づけして懇願した。

「やめるんだ、リュシエンヌ——」

ジャン＝クロードが困惑した声を出す。

「そんな浅ましいまねをするお前を、見たくない」

「いいえ、いいえ。貸してくださるまで、動きません。どうか、どうか——」

途中から涙が零れてしまい、声が掠れてしまう。

「ママ、ママ、なかないで！」

ニコレットがいきなり背後から抱きついてきた。

「こうしゃくさま、ママのおねがい、きいてあげてください！　わたし、もうすこしおおきくなったら、はたらいて、ママのおてつだい、いっぱいします。だから、おねがいします」

小さいニコレットは、見上げるような長身のジャン＝クロードを背伸びして見据えた。

「っ――」

ジャン＝クロードがひるんだように息を飲む。

「ニコレット……」

リュシエンヌはニコレットを抱きしめ、その柔らかなブロンドに顔を埋め、肩を震わせた。

「ママ、なかないの。いいこ、いいこ。ニコレットがママをまもってあげるから」

いつもニコレットが泣いている時には、リュシエンヌがそう言って慰めていた。幼いながらも、母を守ろうとするいじらしさに、嗚咽《おえつ》が止められない。

と、そっと肩に大きな手が回され、ゆっくりと引き起こされる。

「もういい――リュシエンヌ、立ちなさい」

リュシエンヌは涙を拭いながら立ち上がる。

ジャン＝クロードがハンカチを差し出した。受け取ったハンカチからは、懐かしい甘いオーデコロンの香りがした。

「もう、泣かないでくれ」

ジャン＝クロードの指先が、頬に伝う涙を拭った。

まるで昔のジャン＝クロードのような優しい仕草に、リュシエンヌは胸がせつなく締め付けられる。

「ごめんなさい――みっともないまねをして……」

ニコレットはリュシエンヌのスカートにぎゅっとしがみつき、物怖《ものお》じしないでジャン＝クロードを見つめている。

ジャン＝クロードがわずかに目を逸《そ》らした。

「わかった──金は貸そう」

「えっ、ほんとうですか？　ああ……ありがとうございます！」

リュシエンヌは安堵のあまり、全身から力が抜けそうになる。

するとジャン＝クロードは顔をこちらに振り向けた。

「ただし、条件がある」

「なんでもします、おっしゃってください」

潤んだ目でまっすぐにジャン＝クロードを見上げた。

ジャン＝クロードが眩しそうに目を瞬く。

彼はニコレットに聞こえないように声を潜め、リュシエンヌに顔を寄せ耳元で言った。

「この屋敷に住め」

「え？」

「私の愛人として、住み込むんだ」

「っ──」

リュシエンヌはかあっと頬に血が上るのを感じた。

「四年前、お前は私の申し出を蹴って、行方知れずになった」

「わたし……」

その時にはもう、お腹のなかにニコレットがいたのだ。

「私があの時、どんなに嘆き悲しみ、お前を探し回ったか知らぬだろう?」

「……」

ふいにジャン＝クロードは吐息とともにリュシエンヌの耳孔に声を吹き込む。

「もう逃がさない」

艶かしい声にぞくりと背中が震えた。

「——でも、ニコレットは……娘は?」

「庭の離れを与えてやる。母娘二人で住まうには十分の広さだ」

リュシエンヌはがくりとうなだれる。

もはや否《いや》も応《おう》もない。

ニコレットの命を救うためなら、この命と引き換えでも構わないとまで思い込んできたのだ。

「わかりました……」

「よし。ではすぐ、離れの手配をさせる」

ほっと息を吐いたその瞬間、リュシエンヌはやっと気がついた。

オットーとマリアは、ニコレットが黙ってついてきたことを知らない。今頃、ニコレットが行方不明になったと、大騒ぎで探し回っているかもしれない。

どうしようかと迷ったが、思いきってジャン＝クロードに声をかけた。

「あの――もうひとつだけ、お願いが」

「なんだ、言ってみろ」

「わたしたち母娘の面倒をずっと親切にみてくださったご夫婦に黙って、娘が付いてきてしまったんです。その人たちに、心配ないという連絡を急ぎ取りたいんです」

ジャン＝クロードがじっとこちらを凝視した。

「おまえは身寄りがなかったな――苦労したのか？」

リュシエンヌは見つめられると心臓がドキドキ高鳴ってしまい、目を逸らしながら答える。

「いいえ――いろいろな人たちのご厚意に甘えてしまいました。今はまだ恩返しもできません――」

ジャン＝クロードは深く頷く。

「わかった。後で執事をよこすので、彼にその夫婦の連絡先を教えてやれ。早馬を出して今日中に知らせが届くようにしよう」

リュシエンヌは感謝のあまり、思わずジャン＝クロードの両手を取っていた。

「ああ、ありがとうございます！　感謝します！」

それからあっと気が付いて、慌てて手を離した。

ジャン＝クロードがかすかに目のふちを染めたような気がした。

「では万事私に任せるがいい」

ジャン＝クロードがさっと身を離し、ドア口に向かう。

「それまで、ここで待て」

「こうしゃくさま、おなかがすいたー」

ふいに、ニコレットが無邪気な声を上げる。

「ニコレット、静かに」

リュシエンヌが慌てて注意したが、ニコレットは物怖じせずに言い募る。

「ママもあたしも、あさからなんにもたべてないの。おなかぺこぺこです」

ジャン＝クロードは足を止め、まじまじとニコレットを見る。

なにか不思議な生き物でも見るような眼差しだ。

彼は咳払《せきばら》いした。

「わかった。すぐになにか軽食を用意させる。待っていなさい」

「わあい」

ぴょんと飛び上がったニコレットは、とことことジャン＝クロードの方に歩いていくと、小さな手を差し出した。

「やさしくてしんせつなこうしゃくさま、ありがとう！　きょうだけはきらいなニンジンも、ちゃんとたべるね」

ジャン＝クロードは目を泳がせる。

ニコレットはにこにこして手を差し出したままだ。

「うむ――」

彼は及び腰で大きな手を差し伸べ、そろりとニコレットの手を握った。

「もうあたしたち、おともだち、ね」

ニコレットが握った手を上下に揺さぶる。

「む――」

長身のジャン＝クロードが困惑顔で小さなニコレットと握手している姿に、リュシエンヌは内心微笑ましくて仕方なかった。人懐こいたちのニコレットだが、ジャン＝クロードに対してはとりわけ好意を持っているようだ。それはやはり、父娘という血の繋がりが、そうさせるのだろうか。

だが、ジャン＝クロードはそれを知らない。

胸の奥がちくんと痛んだ。リュシエンヌは哀しい気持ちを振り払うように、少し強い口調でたしなめる。

「ニコレット、侯爵様に失礼ですよ。お座りなさい」

「はあい」

ニコレットはしぶしぶといったかんじでソファに戻ってくる。

ジャン＝クロードは握られた自分の手をまじまじ見ていたが、ふいに我に返ったようになり、

「今夜、行く」

と、一言つぶやくと部屋を出て行った。

今夜——。

身体の芯が甘く疼いた気がした。

そして、そんなはしたない反応をした自分を恥じた。

「ねえねえママ、あたしたち、ここにすむの？」

ニコレットが腕に触れてきたので、はっとする。

ジャン＝クロードとの会話の、詳細までは理解できなくとも、勘の鋭い子なので察したのだろう。

「そうね——しばらくそうなると思うわ」

ニコレットが嬉しげに身体を揺する。

「うれしいな、おしろにすむのがゆめだったんだ」

リュシエンヌは天真爛漫《てんしんらんまん》なニコレットに、気持ちが救われる思いだ。

実質は、ジャン＝クロードの愛人として囲われることになったのに——。

「そうね、ママも王子様とお城に住むのが夢だったわ」

愛おしげにニコレットの髪を撫でつけてやる。

「じゃあ、ママもゆめがかなったね？」

「え？」

「おうじさまって、あのこうしゃくさまでしょ？　とってもはんさむで、かっこういいもん」

リュシエンヌは目を瞬いて、涙を堪えた。

「そうだといいわね……」

最悪の再会であったが、ジャン＝クロードへの想いは少しもかわらないことがはっきりと自覚できた。

ジャン＝クロードの方は、四年前になにも告げずに去っていった自分をどれほど恨み、憎んでいるだろう。手ひどい裏切りにあったと傷ついているだろう。

でも、突然子連れで現れて金の無心をした自分を、彼は受け入れてくれた。

門前で追い払われることも覚悟していたのだ。

（とにかくこれで、ニコレットは救われる——ああ、それだけでもジャン＝クロード様に感謝してもしたりないわ……）

心の中でジャン＝クロードに手を合わせる。

ほどなくノックの音がして、メイドたちがワゴンに載せた軽食を運んできた。

サンドイッチ、コールドチキン、ハム、キッシュ、パイ、チーズ、ケーキ、クッキー、プデイング、ゼリー、果物、スープ——色とりどりの美味《おい》しそうな料理がテーブルいっぱいに並べられる。

飲み物も、お茶やコーヒーからミルク、フレッシュジュース、ココア、ショコラ、レモン水など数え切れないくらい用意されている。

「うわあ、うわあ、すごい！　おうさまのたんじょうびのごちそうみたい！」

ニコレットが目をまん丸にして声を弾ませた。

ジャン＝クロードの指示なのか、子どもが食べやすそうな刺激物の少ない口当たりのいい食べ物ばかり選ばれている。

子ども嫌いだと明言したジャン＝クロードだが、心根は優しい人なのだ、と改めて感じた。

「ママ、なやんじゃう。どれもこれもたべたいな、ああどうしよう」

ごちそうを前にわくわくしているニコレットに、リュシエンヌは笑みを深くした。

（あなたはほんとうに天使だわ——ママはどんなに心が救われることか）

お腹いっぱいになる頃、執事らしい人物が離れの用意ができたと丁重に知らせにきた。

屋敷の裏庭から薔薇の絡まるアーチをくぐり抜けていくと、こぢんまりとした大理石造りの平家があった。

「お掃除を済ませ、生活に必要なものは全て用意されております。食事専用のメイドと家事専用のメイドを二人おつけしましたので、彼女らになんなりと用事を命じてください」

執事が玄関扉を開き、リュシエンヌとニコレットを先に通した。

「うわあ、ここもおしろみたいー」

玄関ホールや廊下は狭かったが、蔓草《つるくさ》模様が浮き彫りにされている真っ白い壁は明るく心地よい。飾り窓が壁面にいくつも付けられていて、陽の光に満《み》ち溢《あふ》れ風通しがとてもいい。

部屋はこぢんまりとしてはいるが、大理石の大きな暖炉が付いていて、椅子やソファは本革張り。調度品には金の象嵌《ぞうがん》細工が施された豪華なもの。寝室には大人が五人楽に横になれそうなほど広い天蓋付きのベッドが置かれている。

「寝室の奥が洗面所とバスルームです。そして、こちらが――」

案内をしていた執事が、バスルームと反対側に位置しているドアを開ける。

「お嬢様のお部屋になります」

「ええっ？　あたしのおへや？」

ニコレットが素っ頓狂な声を上げ、小走りでその部屋に入っていく。

わあっ、歓声が上がった。

「ママ、ママ、みてみて、すごいよ、みて」

リュシエンヌが後から子ども部屋に入っていくと、ふかふかのベッドに腰掛けたニコレットが、ぽんぽんと腰を浮かせてはしゃいでいた。

小さな部屋だが、壁紙からカーテンまですべて淡い薔薇色《ばらいろ》で統一されていてとても可愛らしい。調度品にも薔薇の彫刻が施され、室内履きや手洗いの洗面器にも薔薇の花模様が付いている。ベッドサイドのキャビネットの上には、生花の薔薇の花が飾られ、ガラス製の蓋つき器の中には色とりどりのキャンディーが用意されてある。

「ほんとうはメイド用の次ぎの間でしたが、ご当主さまの指示で急遽《きゅうきょ》模様替えいたしました。もし、お気に召さなければすぐに取り替えますの、遠慮なく申し出てください」

傍で控えめに言う執事に、リュシエンヌはとんでもないと首を振った。

「もう充分すぎるほどです。どうかジャン＝クロード様に、わたしどもが感謝していたと、くれぐれもよろしくお伝えください」

「承知いたしました――晩餐《ばんさん》の時間などはメイドに直接ご指示ください」

愛人の立場なのに、過分なほどの待遇だと思う。

それとも、ジャン＝クロードはあまりに裕福なのでこのくらいが普通の感覚なのだろうか。

ジャン＝クロードは自分のことをほんとうはどう思っているのだろう。

愛人になれという申し出は、彼なりの報復なのだろうか。

執事が出て行った後、この先のことを考えてぼうっとソファに沈み込んでいた。

「ママ、ママ、おふろがぷーるみたいにおっきいよ」

あちこち部屋を覗《のぞ》いて回っていたらしいニコレットが、ぱたぱたと駆け寄ってきてぎゅっとリュシエンヌのスカートに抱きついてきた。

「そうなの？」

「うん、それにらいおんがおくちからおゆをはきだしてるの、すごいよ」

「まあすごいわね、ママも見にいこうかしら」

「きてきて」

小さな手に引っ張られて、リュシエンヌは立ち上がる。

そうだ——あれこれ悩んでも仕方ない。今はこの子の命を守ることだけを考えよう。

夕方、メイドが食事の支度ができたと言ってきたので、ニコレットを連れて食堂に向かった。

ドアを開けると、長いテーブルの一番向こうに座っているジャン＝クロードの姿があった。

きちんと晩餐用のディナースーツに着替えていて、目を見張るほどに男らしく格好がいい。

「あ——」

リュシエンヌは驚いて立《た》ち竦《すく》んだ。

「あっ、こうしゃくさまだー」

ニコレットは止める間もなく、嬉しそうにジャン＝クロードの方へ走っていく。

「こうしゃくさま、いっしょにごはん、たべるの？」

「たまには、誰かと食事をするのもよかろうと思ってな」

ジャン＝クロードは無造作に言って、座っていた椅子の後ろから、何かの包みを取り出した。

「子どもがなにを喜ぶか、さっぱりわからなかったのだが——そら、これをやろう」

リボンのかかった大きな包みを、ジャン＝クロードはニコレットに差し出す。

「えっ？　これをあたしに？」

「ああ」

「あけてもいいの？」

ニコレットはちらりとリュシエンヌの方に目をやった。

リュシエンヌはジャン＝クロードの思いもかけぬ行動に驚きを隠せなかったが、せっかくの好意だ。

「あけてごらんなさい」

促されたニコレットは、おぼつかなげにリボンを解いた。包みの中からは、巨大なテディベアのぬいぐるみが出てきた。

「きゃあああ、かわいいー！」

ニコレットは自分の半身ほどもある大きなぬいぐるみを抱きしめた。

「すごい、かわいい、くまさん。こういうの、ずっとほしかった。うれしい！」

手放しで喜ぶニコレットを、ジャン＝クロードは目を瞬いて見ている。

「ありがとう、こうしゃくさま！　ありがとう！」

ニコレットはジャン＝クロードの首に手を回し、彼の白皙の頬にちゅっと小さな唇を押し当てた。

「っ――」

ジャン＝クロードは目を見張り、びくりと身を引いた。

「あ――ごめんなさい。あたし、うれしすぎて……」

ニコレットが身を硬くしたジャン＝クロードを見て、怯えたように後ろに下がる。リュシエンヌは素早く声をかけた。

「ニコレット、こちらの席に――ママの隣にいらっしゃい」

「はあい」

くまのぬいぐるみを抱えたまま、ニコレットは席に付いた。

リュシエンヌはあらためてジャン＝クロードに頭を下げた。

「ありがとうございます――ニコレットにまでお気遣いいただいて」

ジャン＝クロードが咳払いした。

「食事中に、子どもに騒がれるのがいやなのだ。ああいうものを与えておけば、大人しくしているかと思っただけだ」

ジャン＝クロードは素っ気なく言うと、メイドに料理を運んでくるよう手で合図した。

「ママ、くまさん、となりのいすにすわらせてあげていい？　きょうだけだから……」

ニコレットが上気した顔で耳打ちしてきた。

「そうね、今日だけよ」

「うん！」

ニコレットはにこにこして、しきりにジャン＝クロードの方に視線を送る。

ジャン＝クロードは知らぬ顔で食前酒を口に運んでいる。

コースの食事などほとんどしたことのなかったリュシエンヌとニコレットは、運ばれてくる美しく美味しそうな料理の皿にいちいち目を丸くしてしまう。

料理はどれも素晴らしい味だった。

くまのぬいぐるみですっかりご機嫌になったニコレットは、小鳥の囀《さえず》りのようにひっきりなしに、たあいない会話をジャン＝クロードにしかけてくる。リュシエンヌが小声でたしなめるが、興奮しているニコレットはおしゃべりが止まらない。

子どもが騒ぐのが嫌だと言っていたジャン＝クロードが、無言ではいるがそれほど不快そうでもないのに、リュシエンヌは胸を撫《な》で下《お》ろした。

デザートのコーヒーが出る頃には、旅の疲れと環境の変化のせいだろう、ニコレットはこくりこくりと椅子の上でうたた寝をし始めた。

「ほらほら、風邪を引いてしまうわ。ニコレット、お部屋に戻りましょうね」

リュシエンヌはニコレットを促し、椅子から抱き上げた。

「あ……くまさん、くまさん……」

半分目を閉じながら、ニコレットが椅子の上のぬいぐるみに手を伸ばす。

すっとジャン＝クロードが立ち上がると、ぬいぐるみを取ってニコレットの手にもたせてやる。

「ん……ありがと、こうしゃくさま……」

ニコレットがぎゅっとぬいぐるみを抱きしめ、かすかに微笑む。

「ありがとうございます」

リュシエンヌが礼を言うと、ジャン＝クロードは自分の席に戻ってコーヒーカップを手にして鷹揚《おうよう》に頷いた。

「いいから――早く寝かせてやりなさい」

「はい」

手際よく寝巻きに着せ替え、子ども部屋のベッドに横たわらせると、ニコレットはあっという間にすうすうと寝息を立てた。

今日一日めまぐるしかった。

心臓の弱いニコレットの身体に、負担がかからなかったろうか。

手術に耐えられるようになる五才まで、慎重に大事に育てていかねばならない。

ニコレットの額の上に乱れたブロンドをそっと撫でつけてやり、滑らかな頬に口づけした。

「おやすみ、わたしの天使さん」

枕元のオイルランプの灯《あか》りを最小限にすると、足音を忍ばせて子ども部屋を出た。

ドアを背中で締め、ほっと息を吐く。

「寝たのか？」

艶っぽいバリトンの声に、はっと顔を上げる。

居間のソファにジャン＝クロードがゆったりと腰を下ろしていた。

上着を脱ぎ、シャツの襟元のボタンを外して寛《くつろ》いだ格好は、少しあだっぽくて魅力的だ。

「はい……ぐっすりと」

「子どもというものは、喧《やかま》しいものだな。カナリアのように囀りっぱなしだ」

ジャン＝クロードが眉間を指で揉みほぐしながら呟《つぶや》く。

「申し訳ありません――食事中、うるさくしてしまって」

ジャン＝クロードが顔から手を外し、物憂げにこちらを見た。

「――カナリアの声は嫌いじゃない」

「え？　どういう意味です？」

ジャン＝クロードはわずかに首を振った。

「こちらにおいで――ここに私の横に」

「は、はい……」

おずおずとジャン＝クロードの傍に腰を下ろした。

ジャン＝クロードの身体から立ち昇る甘いワインの香りと体温を感じ、脈動が速まってしまう。

「お前が子どもの頃というのは、あんな感じだったのか？」

ジャン＝クロードの声は穏やかだった。

「よ、よく覚えていませんが……」

「ああやって母娘で並んで座っていると、やはりよく似ている。お前が二人いるような、不思議な感じがした」

するっとジャン＝クロードの片手が背中を回って肩を引き寄せた。

「あ……」

彼のたくましい胸に身体をもたせかける形になり、緊張で全身がかあっと熱くなる。

「――お前にずっと会いたかった」

端整な顔が髪に埋められ、唇の動きが頭皮を擽ってきて心臓が跳ね上がる。

「っ……」

ジャン＝クロードの唇がゆっくりと額、頬、耳朶と這い下りてくる。

「あの時、どうして私から逃げたのだ？」

ちゅっと薄い耳朶に口づけされ、かあっとそこに血が上る。

「わ……たし……」

もぞりと身体をくねらせて、ジャン＝クロードの腕から逃れようとすると、ぐっと力を込めてさらに引き寄せられた。

「他に男がいたからか？」

「！」

思わず顔を上げると、目の前にジャン＝クロードの青い瞳がある。彼は怖いくらい強い視線だ。

「ち、ちがいます……」

「ならばなぜ、何も言わずに身を隠した？」

「──」

「私は死にものぐるいで、お前を探したのだ。裏切られたと思った私の気持ちが、わかるか？」

「──」

「見つからないはずだ。子を成していたとは──私はてっきりお前はひとりきりだと──」

問い詰めないで欲しい。

愛おしさと後ろめたさで息が詰まりそうだ。

「やっと再会できたら、お前は子どもを連れていた」

「も、もう、許して──つうっ」

ふいにきゅっと耳朶を噛まれ、痛みに顔を顰めた。

「誰の子だ？　なぜ他の男と？　なぜだ？」

ぬるっとジャン＝クロードの濡れた舌先が、耳殻をなぞってきて、背中がぞくぞく震えた。

「あ、やめ……もう、聞かないで、お願い……っ」

「なぜだ？　言わぬのか？　その男を愛していたのか？」

リュシエンヌはいやいやと首を振った。

「お願い……やめて、言えない……言えないんです……」

ふいにジャン＝クロードの両手は胸元に伸び、服地の上から探り当てた乳首をきゅっと強めに摘み上げた。

「あっ、あ……っ」

じんとした痛みの後に、じわじわとむず痒い疼きが下腹部に広がっていく。

「なんてしどけない声を出す——そんな可愛い声を、他の男にも聞かせたんだな？」

ジャン＝クロードのしなやかな指先がこりこりと乳首を揉みほぐし、たちまち先端が硬く凝ってくる。

膣腔の奥が悩ましくうごめきだして、つーんと甘く痺れる。

こんな気持ちになるのは久しぶりだ。

リュシエンヌはジャン＝クロードとしか男性経験はない。

ニコレットを育てるのに一生懸命で、淫らな気持ちを持つ暇もなかったのだ。

「ん、あ、やめ……」

「もうこんなに乳首を尖らせて――」

ジャン＝クロードの手が襟元から差し込まれて、直に乳房をいじってくる。

乳嘴を執拗《しつよう》になぶりながら、耳孔の奥まで舌を差し入れぐちゅぐちゅと舐《ねぶ》ってきた。甘い疼きが膨れ上がり、身体の芯が熱く疼きだす。

「んんぅ、あ、だめ、あ……ぁ」

せつなくなって身悶《みもだ》えて愛撫《あいぶ》から逃れようとしたが、ジャン＝クロードのたくましい腕が、がっちりと腰を抱きかかえて引き寄せてしまう。

「息が荒いぞ――もう感じているのか？」

低いバリトンの声が耳の中に吹き込まれ、熱い息遣いにうなじのあたりがちりちり灼けつくような気がした。

腰を引き寄せたジャン＝クロードの手が、スカートの裾を大きく捲《めく》りあげた。太腿から尻まで剥き出しになってしまう。

「あっ、いやっ……」

大きな手が内腿に潜り込み、下履きの上から秘裂の上を掠めるように撫でる。

「んっ」

それだけで大きな刺激になり、びくんと腰が跳ねた。

「なんだ、もう濡れているんじゃないか?」

耳元で蔑んだように囁かれ、かあっと全身の血が熱くなる。

「違……」

「違うものか、ほら――」

長い指が下履きの端からするりと奥に潜り込む。節の高い男らしい指が、柔らかな下生えを掻き分け、花弁をぬるっと擦る。

「ああっ、あ」

疼いていた箇所をいじられて、心ならずも甲高い声を上げてしまった。

「こんなに濡らして――ここは、どうかな?」

溢れる甘露を指の腹で受けると、陰唇の上辺に佇《たたず》む小さな突起に塗りこめるように触れてくる。

「んんっ、んんんぅっ」

脳芯にまで突き抜ける快感に、リュシエンヌは大きく腰を揺らした。

「お前はここが弱かった――よく覚えているぞ」

ぷっくり膨れてきた秘玉を円を描くように撫で回されると、あまりに心地よいためか、媚肉の奥からこぷりと新たな愛蜜が溢れてきた。

「あ、あ、や、だめ、そこ、しないで……っ」

秘玉の包皮をめくられ、剥き出しになった花芯を直に擦られると、脳まで突き抜けるような快感が断続的に襲ってきて、抵抗する力が失われる。

「そうは言っても、腰が物欲しげにくねっているではないか」

耳元に熱っぽい声を吹き込まれ、全身がぶるっとおののく。

「これは、どうだ?」

膨れた花芯を指の腹で軽く押さえ細かく振動を加えられると、気持ちいいという以外もうなにも考えられなくなった。

「ん、んぁ、あ、や、も……あ、だめぇ……っ」

はしたない声が漏れるのを止めることができず、必死に口元を手で覆う。

隘路の奥がひくひく蠕動《ぜんどう》して、何かで満たして欲しいという欲望がせり上がってくる。

「ああまた溢れてきた——いいのだろう? 達っていいんだ、そら」

指が二本に増やされ、陰核を持ち上げるように振動を加えられると、もうそこでだめだった。

瞼の裏にちかちかと絶頂の火花が飛び散る。

「やぁ、あ、あ、ああ、あああ、達くっ……」

びんびくんと腰が大きく跳ねた。

リュシエンヌは背中を弓なりに反らして、激しく極めてしまう。

達し続けている間も、ジャン＝クロードの巧みな指戯は止まらない。

「も、お願い……許して、あ、だめ、も、つらい……っ」

凄まじい快感は苦痛にも繋がることを、リュシエンヌは初めて知る。

力のこもらない両手をジャン＝クロードの胸に突っ張って、必死で押しのけようとした。

「強情だな――ここはもっと欲しいと言っているのに」

濡れそぼった二本の指が、ぬぷりと媚肉の狭間《はざま》に押し込まれた。

「ひ……う、ぅ」

骨ばった長い指が疼き上がった膣襞を掻き分ける感触に、息が詰まった。

「どろどろだ――指をこんなに締め付けて」

根元まで指を押し入れたジャン＝クロードは、うねる隘路の中を探るように動き回る。

「やめ……あ、だめ、あっ？」

臍の裏側の膣壁のとある箇所に触れられると、激しい尿意にも似た喜悦が走り、リュシエンヌは知らずにきゅうっと下腹部に力を入れてしまう。

「ここが感じやすかったな――お前の身体は変わっていない」

ジャン＝クロードが満足げなため息を漏らし、弱い箇所をぎゅうぎゅうと押し上げてきた。

「んんっ、あ、やめて……そこいや、あ、だめ、だめぇ」

目も眩むような悦楽に翻弄され、リュシエンヌは身悶えた。

「可愛い啼《な》き声も変わらないね――もっと啼かしたくなる」

ジャン＝クロードは空いている方の片手を襟元から差し込み、尖り切った乳首をきゅうっと摘み上げた。

「は、あぁ、あ」

乳嘴から痺れる疼きが下腹部を襲い、攻められている内壁が、きゅうきゅう窄《すぼ》まってジャン＝クロードの指を喰んでしまう。

「ああ奥へ引き込んでくる——いいね、もっと乱れて囀《さえず》ってごらん、可愛い私の小鳥さん」

ジャン＝クロードは人差し指と中指を媚肉に埋め込んだまま、親指でひりつく花芽を愛撫し始める。同時に、左右交互に鋭敏な乳首を揉みほぐす。

「あ、あぁ、あ、だめ、ああだめ……」

感じやすい弱い箇所を同時に責め立てられ、リュシエンヌは目尻に涙を溜《た》めて悩ましく喘いだ。

「だめになるほど、感じさせてやる」

ジャン＝クロードが耳の後ろにねろりと舌を這わせた。

背中に快感の戦慄が走り抜ける。

「あ、あぁ、あ、や、あああっ」

駆け上ってくる絶頂に身を任せようとした刹那、ジャン＝クロードが指をぬるりと引き抜いた。

「あ……ん」

達する寸前で刺激を止められ、リュシエンヌは思わず不満げな声を漏らしてしまう。

「そろそろ──私が欲しくなったか？」

ジャン＝クロードが意地悪く囁く。

「う……ひどい……こんなの……っ」

火の点いた肉体は、達《い》きたくて達きたくてたまらない
潤んだ瞳でジャン＝クロードを恨めしげに見上げた。

「いいね、その燃えるようなエメラルドの瞳──ぞくぞくする」

ジャン＝クロードの青い瞳の奥にも、淫欲の炎がチラチラとしている。端整な美貌に獣じみた艶が加味され、怖いほど美しい。

「私が欲しいか？　そう言ってみろ」

掠れた低い声にそれだけで膣奥がきゅんきゅん縮む。

身も心もジャン＝クロードを求めている。

だが、なけなしの理性が弱々しく首を振らせる。

「いや……」

「意地っ張りだな──初心な頼りなげな顔をして、芯が強い。そこがぞくぞくするよ──お前をとことん壊してやりたい」

ジャン＝クロードが残酷そうな笑みを浮かべた。

「やめ……」

思わず身を引こうとしたが、一瞬早くジャン＝クロードがリュシエンヌの腕を掴み、ソファに押し倒す。

「あっ——」

ジャン＝クロードは乱暴にリュシエンヌの下履きを剥ぎ取り、腿の間に片足を差し入れ、左右に大きく開かせてしまう。

「や……っ」

片手でリュシエンヌの身体を押さえ込んで、ジャン＝クロードは器用に片手でトラウザーズの前立てを緩める。

引《ひ》き摺《ず》り出《だ》された硬く屹立している男根を目にした途端、リュシエンヌは全身の血が逆流するような気がした。

ジャン＝クロードの大きな肉体が覆《おお》いかぶさってくる。

「あ、あ」

太い先端がほころび切った花弁に触れただけで、淫らな期待に子宮の奥がずきずき疼いてしまう。

「リュシエンヌ——ずっとお前に会いたかった——欲しくて、焦がれていた」

低くつぶやくと同時に、ジャン＝クロードは想いの丈を遂げるべく、力任せに腰を突き入れてきた。

「んんっ、あ……――っ」

凄まじい衝撃だった。

リュシエンヌは瞬時に達してしまう。

剛直が一気に最奥まで埋め込まれ、胸元まで満たされて息が詰まる。脈動する熱い肉塊が、疼き上がった膣襞をめいっぱい広げている。

「ああ――お前の中、熱くて狭くて――変わらないな」

深々と欲望を埋め込んだジャン＝クロードは、リュシエンヌの柔肉の感触を味わうようにしばらくじっと動きを止めた。

「……ぁ、あ、ぁあ」

リュシエンヌの内壁は歓喜して蠕動し、まだジャン＝クロードは少しも動いていないのに、自ら締め付けて快楽を得ようとする。

「奥が吸い付いてくる――」

ジャン＝クロードは陶酔した声を漏らし、ゆっくりと腰を引き、再びずんと奥深く抉ってきた。

「あっ、あ」

再び達してしまい、膣襞がびくびく震える。

「可愛い——感じ入ったお前の顔、もっと見せろ」

ジャン＝クロードが抽挿を開始した。

始めはゆったりと、次第に加速してがつがつと腰を穿ってくる。

「や、激し……あ、あぁ、ん、ぁあ」

がくがくと揺さぶられ、指とは比べ物にならない深い悦楽が繰り返し襲ってくる。

「すごい締め付けだ——悦いのだな、リュシエンヌ、感じているのだな」

ジャン＝クロードは息を凝らし、浅く深くと緩急をつけてリュシエンヌを責め立てる。

「あっ、はぁ、あ、いや……あぁ、だめ、こんなの……あ、あぁん」

はしたない嬌声が止められず、突き上げられるたびに脳芯が愉悦で真っ白になり、強くいきんでは男の肉胴を締め付けてしまう。

「いい声で啼く——もっと聞かせろ、もっと乱れろ」

ジャン＝クロードの手がドレスの襟元にかけられ、一気に引き下ろした。

「あっ」

ふるん、と白くたわわな乳房がまろび出てしまう。

「——美しい——子どもを産んだせいか、前より膨らんでいるな」

ジャン＝クロードがバリトンの声を甘く震わせる。

「いやぁ、見ないで……あ、あ、あっ」

ジャン＝クロードはたわわな乳房に顔を埋め、赤く熟れた乳首を交互に啄んだ。

「んふ、ふ、あ、やめ……」

鋭敏な蕾に歯を立てて甘噛みしたかと思えば、濡れた口腔に吸い込み舌先でちろちろ転がしてくる。

ジャン＝クロードは腰の激しい律動はそのままに、片手が結合部をまさぐり、ひくつく花芯を探り当てて揺さぶってきた。

「やああ、あ、だめぇ、おかしく……あ、あぁっ」

子宮の奥で信じがたい愉悦が弾け、リュシエンヌは四肢を硬直させた。

「く――すごい締め付けだ。リュシエンヌ、素晴らしいよ」

「……あ、あぁ、あ、だめ、もう……あ、ぁっあっ」

リュシエンヌはジャン＝クロードの腕の中で激しく身じろぎし、なりふり構わず嬌声を上げ続けた。声を上げていないと、内部に弾ける快感の波に押し流され、意識を失ってしまいそうだった。

「んっ、んんぅ、あ、だめ、もうだめ、あ、また……またぁっ……」

リュシエンヌは首をぷるぷると振りたて、迫《せ》り上《あ》がってくる熱い快感の波に耐えようとする。

「何度でも達くといい」

ジャン＝クロードは追い立てるように指の動きを早め、舌をひらめかせ、がむしゃらに腰を穿ってきた。

「だめ、だめ、あ、あ、あ、だめぇーーっ」

腰が大きく浮き、全身が硬直する。

激しい絶頂が身体の隅々まで走り抜けた。

「……は、はぁ、は……ぁ、あ……」

びくびくと腰を痙攣させて極めてしまったリュシエンヌを、ジャン＝クロードはなおも容赦なく責め立てた。

「も……やめて、もう、達ったの、達ったからぁ……」

「だめだ、もっとだ——四年分の私の想いは、こんなものでは——」

ふいにジャン＝クロードが半身を起こし、リュシエンヌの両足を肩に担ぐような形にした。

「あ、きゃ……」

ジャン＝クロードは繋がったまま、リュシエンヌの身体を二つ折りにするような体位でがつがつと穿ってくる。

真上から垂直に剛直を打ち付けられ、子宮口を突き破るかと思うほど深い衝撃が繰り返し襲ってきた。

「やあっ、あ、深い……あ、壊れて、やあ、壊れてしまいます……っ」

数え切れない絶頂の朦朧《もうろう》とした意識の中で、さらにくるおしい愉悦の高波が襲ってくる予感に、リュシエンヌは上ずった声を上げる。

「壊れていい、壊れてしまえ——なにもかも、私で上書きしてやる。お前を私だけのものに、取り戻す」

ジャン＝クロードは低く唸り、リュシエンヌの足を抱え直し、さらに腰の動きを加速させた。

ぐちゅぐちゅと愛蜜の弾ける淫猥《いんわい》な音が響き、恥ずかしくて全身が熱くなる。だがその羞恥が興奮に拍車をかけるようだ。

「あああっ、いやあぁっ、あ、だめ、そんなにしないで、あ、あぁあっ」

最奥まで強く穿たれるたびに、目の前に悦楽の閃光《せんこう》が弾け、意識が飛ぶ。もうこれ以上はダメだと思うのに、蜜壺は嬉しげに収斂《しゅうれん》を繰り返し、肉茎をさらに奥へと引き込もうとする。

「もっとだ、もっと、もっと——」

ジャン＝クロードは一心不乱に腰を振り立てる。

「あ、達く、あ、また達く……っ、あ、ああ、またぁ……っ」

リュシエンヌは繰り返し絶頂を上書きされ、もはや気持ちいいとしか考えられない。

ずんずんと内臓まで揺さぶられるような激しい抜き差しに、視界が真っ白になっていく。

「く——リュシエンヌ——私も——」

ジャン＝クロードが大きく息を吐き、ぶるっと胴震いした。

「あぁ、あああああっ」

リュシエンヌが最後の絶頂を極めたと同時に、ずるりと欲望を引き抜く。

「あっ、あ、あ」

その喪失感にすら、甘く感じ入ってしまう。

どくどくと大量の欲望の白濁が、リュシエンヌの太腿のあたりに放出された。

生暖かい感触に、腰が震えた。

「——リュシエンヌ、もう離さない——私だけのものだ」

乱れた息の中で、ジャン＝クロードがつぶやく。

彼はそのまま、リュシエンヌを横抱きにする形にして、再び挿入してきた。

「や、あ、も……ぅ」

ジャン＝クロードの男根は疲れを知らぬように、すでに硬く反り返っている。

それは四年間に蓄積された彼の情熱の証《あかし》のようだ。

「リュシエンヌ、私のリュシエンヌ——」

優しく揺さぶりながら、ジャン＝クロードが噛み付くような口づけを仕掛けてくる。

「ふ、んふ、あ、ふぁ……」

舌の付け根まで強く吸い上げられ、意識が薄れていく。

絶え間ないジャン＝クロードの律動に、頑丈なソファが軋《きし》む。

居間の中に、欲望の甘酸っぱい香りと粘膜の打ち当《ぶあ》たる猥りがましい音が満ちていく。もう数え切れないほど達してしまったリュシエンヌは、もはや声を上げる力もなくなった。

「あぁ、はぁ、は、はぁっ」

せわしない呼吸を繰り返し、ジャン＝クロードが与える悦楽に酔いしれていった——。


二回ソファで愛し合い、その後寝室に移動してベッドで何度も睦みあった。

互いに精根尽きて、指一本動かせないほどくたくたになった。そのまま、抱き合って眠りに落ちてしまう。


夜半過ぎ——。

隣の子ども部屋から、かすかなすすり泣きが聞こえたような気がして、リュシエンヌははっと目が覚めた。

ニコレットが生まれてから、どんなにぐっすり眠っていても、子どものささいな気配ですぐに目が醒《さ》めるようになっていた。

傍のジャン＝クロードは、すやすやと眠っている。

彼を起こさないようにそっと起き上がり、椅子の上にかけてあったガウンを羽織って足音を忍ばせて子ども部屋に入る。

「……ぐすっ、ひっく……」

毛布をかぶってニコレットがしゃくりあげている。

「どうしたの、ニコレット？　怖い夢でもみた？」

丸くなった毛布の上にそっと手を置くと、ぱっと毛布が捲りあげられ、ニコレットが涙で顔をくしゃくしゃにして抱きついてきた。片手にジャン＝クロードが贈ったくまのぬいぐるみが、しっかりと抱きかかえられている。

「ママ、こわいゆめ、だった。まっくらで、だれもいないの。こわいおばけがでてくるの。ママをよんでも、こないの。ひとりで、こわくてこわくて……」

小さな身体が震えている。

「なれない環境で、きっと緊張したのね。大丈夫、ママはどこにもいかないわ」

ぎゅっとニコレットを抱きしめ、背中を優しく撫でてやる。

「うんママ、うん……」

ニコレットのふわふわした絹糸のような髪の毛に顔を埋めると、子ども独特の汗と日向《ひなた》の匂いが混じったような香りが鼻腔《びこう》を擽る。リュシエンヌはその匂いが大好きだ。なにかとても心が安らぐ。

「──子どもが、泣いているのか？」

背後で低い声がした。

子ども部屋のドア口に、ガウンを羽織ったジャン＝クロードが立っている。

「あ――起こしてしまいましたか？」

リュシエンヌが気遣うと、ジャン＝クロードは首を横に振る。

「いや、私は構わぬが」

リュシエンヌの胸に顔を埋めていたニコレットが、ちらりとジャン＝クロードの方を見た。

「ママ、おみず……」

「わかったわ、お水を持ってきましょうね」

リュシエンヌが立ち上がろうとすると、ニコレットが縋《すが》り付《つ》いたまま言う。

「いっちゃやだ」

「お水が飲みたいのでしょう？　ちょっとの間だから――」

ニコレットが首をぶんぶん振る。

「やだ、ひとり、こわいもん」

リュシエンヌは困り果てて、ジャン＝クロードに声をかけてみる。

「ジャン＝クロード様、申し訳ありませんが、わたしが水を取りにいく間だけ、ニコレットの傍にいてやってくれませんか？」

「私が？」

ジャン＝クロードが眉をひそめる。

すると、ニコレットがぱっと表情を明るくした。

「こうしゃくさま、てをにぎっていて！　こうしゃくさまはおおきくてつよいから、おばけもにげていくね！」

と、小さな手をジャン＝クロードの方に差し伸べる。

ジャン＝クロードは困惑気味に部屋に入ってきた。

「少しだけだぞ」

「ありがとうございます」

リュシエンヌが立ち上がると、入れ替わりにベッドの端に腰を下ろしたジャン＝クロードは、手を出しかねるといったふうだった。が、ニコレットの方からころんと彼の膝の上に寝そべってきた。

「っ——」

ジャン＝クロードが驚いたように目を見張る。

ニコレットは彼を見上げてにこにこしている。

「こうしゃくさまのおひざ、おおきい！」

リュシエンヌは急いで居間に行き、水差しからコップに水を注ぐととって返した。

「ニコレ——」

子ども部屋に入ると、ベッドに座っていたジャン＝クロードが唇に指を当てて、無言で合図した。

「……」

足音を忍ばせて近づくと、ニコレットはジャン＝クロードの膝の上でくまのぬいぐるみを抱いたまま、くーくーと寝息を立てている。

「寝てしまった」

「まあ……」

リュシエンヌはベッドの傍の小卓に水の入ったコップを置くと、ジャン＝クロードの脇に腰を下ろした。

「あっという間に眠ってしまった。子どもというのは、すとんと眠りに落ちるものだな」

ジャン＝クロードが感心したような声を出す。

「きっと安心したのね――ジャン＝クロード様のおかげです」

「――私はなにもしていない」

「ニコレットは父親を知らないから、ジャン＝クロード様のことがパパみたいに思えて――」

思わずいいかけて、はっと口をつぐんだ。

ジャン＝クロードが、リュシエンヌの胸の内を探るようにこちらをじっと見る。

「この子の父親はどうしたのだ？」

リュシエンヌは首を振る。

「――聞かないでください」

うつむいてジャン＝クロードの顔を見ないようにして、ニコレットをそっと抱き上げた。

眠っていてもくまのぬいぐるみは離さない。よほど気に入ったのだろう。

ニコレットは熟睡している。

ベッドに寝かせて、肩まで毛布をかけてやった。

毛布の上からニコレットの胸のあたりを優しくさする。

「お願い……何も聞かないで」

「――リュシエンヌ」

ふわりと背後からジャン＝クロードが抱きしめてきた。

「なにか深い事情があるなら、話して欲しい」

「ジャン＝クロード様……」

大きく暖かい胸に包まれて、胸がきゅんと甘く痺れる。

背後から回された腕に、自分の手をおずおずと添える。

なにもかも打ち明けて、楽になれたらどんなにいいか。

けれど、それだけはできない。

ジャン＝クロードの意思に反して、産んだ子どもだ。

「ジャン＝クロード様――」

ぎゅっと彼の腕を抱き寄せ、つぶやく。

「これだけは信じてください――わたしが愛した男性は、あなただけです」

ぴくりとジャン＝クロードの身が竦む。

「ならば、なぜ――」

リュシエンヌは首を振る。

「でも今は、わたしはあなたに大金を借財し、それと引き換えに愛人になった――それだけです」

ジャン＝クロードの高い鼻梁がうなじをそっと擦った。ぞくっと背中に震えが走る。

「夜伽《よとぎ》の代価さえもらえれば、それでいいというのか？」

ひそやかな低い声に哀しみがこもっているようで、胸が締め付けられる。

「そう思ってください……」

「――そうか」

ジャン＝クロードの声に諦念の響きが混じる。

「では――もう一度ベッドに戻ってもらおうか」

同時にふわりと抱き上げられた。

「あ……」

軽々と寝室へ運ばれる。

リュシエンヌはぎゅっと目を閉じた。

（これでいいのよ――これで）

そう自分に言い聞かせた。

ジャン＝クロードの熱い身体が性急にのしかかってくる。

髪に額に頬に、雨あられのように口づけが降ってくる。やがて唇を覆われ、深く貪られた。

「ん……んん、ん」

「リュシエンヌ――リュシエンヌ」

口づけの合間に、この上なく優しく名前を呼ばれる。

あの夏の日のように――。

まるで今でも愛されているみたいに――。

# 第三章　許嫁《フィアンセ》と真実

リュシエンヌとニコレットがドラクロアの屋敷を訪れてから、ひと月が経《た》った。

ジャン＝クロードは母娘に対して、何不自由ない暮らしを保証した。

着るものも食べるものも良いものをふんだんに与えられ、ニコレットへの遊び道具やおもちゃも、充分すぎるほどだった。

その上に、ピアノが弾いてみたいというニコレットのために、ジャン＝クロードは立派な白いグランドピアノを離れの子ども部屋に設置させ、週に二回、通いで優秀なピアノの教師まで付けてくれた。

その日、午後のお茶の時間に離れを訪れたジャン＝クロードは、居間に入ってくるなり、手に提げていた革の鞄《かばん》をリュシエンヌに差し出した。

「これをお前に――」

「まあ、なんですか？」

受け取ると、ずしりと重かった。

「約束の二千マルナだ、すべて現金で入っている」

「あ――」

こんな大金をきちんと用意してくれたジャン＝クロードに、感謝の念でいっぱいになる。

「あの――これはジャン＝クロード様が預かっていてください」

ジャン＝クロードは眉をひそめる。

「どうしても二千マルナ必要だ、と言っていたではないか？」

「はい――でも、それはニコレットが五歳になるときに、必要なんです」

ジャン＝クロードは首を傾ける。

「どういう意味だ？　あの子が五歳になったら、私の元から離れたい、そういうことなのか？」

リュシエンヌは言葉に詰まってしまう。

「――どうとってくださっても、かまいません……」

うつむいて小声で答えた。

ジャン＝クロードの視線が痛いくらいに突き刺さる。

「お前は私になにか隠し事があるようだ。それは二千マルナで解決することなのか？　あの子が五歳になると、なにがあるというのだ？　私では役に立てないのか？」

ジャン＝クロードの声は理性的だった。

隠し事をしているリュシエンヌを責めているのではなく、力になりたいという気持ちが透けて見える。

その気持ちは、涙が出るほど嬉しい。

しかし、リュシエンヌは頑《かたく》なに口をつぐみ首を振る。

「――そうか。それほど私は信用できないか」

ジャン＝クロードが失望したよう声を出し、ふいに腕を伸ばしてリュシエンヌの細い顎を掴んで顔を上向かせた。

「あ……」

青い瞳が厳しくこちらを見つめている。

「だが、私から逃げられると思うな。二千マルナの大金を、お前は一生かかっても返済できまい。ならば、お前は一生私の傍にいるんだ。いいな」

ジャン＝クロードは脅迫しているつもりかもしれないが、リュシエンヌにとっては胸が躍るような言葉だ。

一生ジャン＝クロードの傍にいられたら、どんなに幸福だろう。

（でも――もし、ニコレットの手術が成功したら。その時は、わたしは娘とこの屋敷を出て行こう。借りたお金は死にものぐるいで働いて、お返しするわ）

「いいな？」

ジャン＝クロードが念を押す。

リュシエンヌは瞳を潤ませ、かすかに頷くしかなかった。

「はい……」

（わたしはジャン＝クロード様の誠意を利用したようなものだ――そんなわたしが、この人の傍にのうのうといていいわけがない。愛しているから、一緒にいればいるほど、離れがたくなってしまう。リュシエンヌの出生の秘密と共に、今度こそ完全にジャン＝クロード様の前から消えてしまおう）

ジャン＝クロードに嘘をつき続けるのは、辛すぎる。

「こうしゃくさまー、あたし、ねこふんじゃった、ひけるようになったよ。きいてきいて！」

ぱたぱたと軽やかな足音がして、ニコレットが部屋に飛び込んできた。

二人は反射的に身を離した。

「ニコレット、侯爵様はお忙しい身なの。あなたの遊び相手じゃないのよ」

リュシエンヌがたしなめる。

「はあい……」

ニコレットがしゅんとしてうつむいた。

「少しならかまわぬ。私も子どもの頃はピアノを習っていた。この子の腕前を見てやろう」

ジャン＝クロードが鷹揚に言ってくれて、リュシエンヌはほっとする。

「では、五分だけよ」

「わあい」

ニコレットがぴょんと跳び上がり、ジャン＝クロードの腕を掴む。

「こっちこっち、こうしゃくさま、はやくー」

「わかった」

ふいにジャン＝クロードが、ひょいとニコレットを抱き上げた。

「あ」

ジャン＝クロードの思いもかけない行動に、リュシエンヌは目を見張る。

「急ぐなら、こっちのほうが早い」

ジャン＝クロードはさっさと居間を出ていく。

「うわあ、たかい、たかい。こうしゃくさまはのっぽですねー」

ジャン＝クロードの首に手を回したニコレットの、はしゃぐ声が廊下にこだました。

リュシエンヌはぼうっと二人を見送っていた。

すぐに、奥の子ども部屋からつたないピアノ演奏の音が響いてくる。

（もしかして……ジャン＝クロード様は、子どもが嫌いじゃないのかもしれない……）

ニコレットに対して、ジャン＝クロードは戸惑ってはいるが決して邪険に扱ったことはない。

素っ気ないが、言葉遣いは優しい。

本当に子ども嫌いであれば、あんなにもニコレットがなつくはずがない。

それなのに、なぜあんなにも頑なに子どもが欲しくないと言い張るのだろう。

と、たどたどしいニコレットの演奏にかぶせて、シンプルな伴奏が入ってきた。

ジャン＝クロードが弾いているのだ。

リュシエンヌは小走りで子ども部屋に向かい、半開きのドアからそっと中を覗いてみる。

窓際に置かれた白いピアノに向かい、椅子に座ったジャン＝クロードの膝の上にニコレットがちょこんと乗っていた。

懸命に指を動かすニコレットを目を眇めて見つめながら、ジャン＝クロードが片手でゆったりと伴奏している。

ニコレットは時折ジャン＝クロードを見上げては、嬉しげに白い歯をみせる。

（ああ……）

リュシエンヌは涙が出そうになる。

二人はまごうかたなき父娘《おやこ》なのだ――。

窓から差す陽の光を受けて、二人の青い目はガラス玉のように透き通っている。横顔は瓜二《うりふた》つだった。

リュシエンヌは二人の姿を瞬きもせず見つめていた。

この光景を一生忘れまい。

そう自分に言い聞かせていた。

「あら、空家《あきや》だと思ってたのに――あなた、メイド?」

ふいに背後から、少し甲高い若い女性の声がして、リュシエンヌはぎくりと肩を竦めた。

振り返ると、目の覚めるような美人が立っている。

すらりと背が高く、最新流行の、トレーンを後ろに長く引くフリルの多い真っ赤なドレスに身を包んでいる。ぱっちりしたはしばみ色の瞳、高い鼻梁、ツンとした紅《あか》い唇――整った顔に手の込んだ化粧を施し、栗色《くりいろ》の艶やかな髪の毛は丁重に鏝《こて》でいくつも房を作って、豪華に垂らしている。手には白い革の手袋を嵌《は》め、宝石を縫い込めた小さな手提げを提げている。

隙なく都会的に洗練された淑女に、リュシエンヌは気圧《けお》されて口ごもる。

「い、いえ……わたしは……」

「ピアノを弾いているのは、ジャン=クロードなの?」

彼女はつかつかとドアに近づいてくる。

リュシエンヌを押しのけるようにして、ドアを大きく開いた。

「――なにをしているの? ジャン=クロード?」

彼女の声が強張った。

ニコレットとジャン=クロードはぴたりと演奏を止める。

「なにを、なさっているの?」

ジャン＝クロードの膝に座っているニコレットの姿を目にするや否や、彼女は冷ややかな声色になり、真《ま》っ直《す》ぐにピアノに向かってくる。

ニコレットが怯えたように、ぴょんとジャン＝クロードの膝から飛び降りた。そのままドア口にいるリュシエンヌめがけて走ってきた。

「――ごきげんよう、ヴィクトーリア」

ジャン＝クロードが椅子からゆっくり立ち上がった。

ヴィクトーリアと呼ばれた美女は、ツンとしたまま言う。

「お屋敷に行ったらあなたがおられなくて――こんなところでなにをしているの？　あの女性と子どもはなんなの？」

ジャン＝クロードは無造作に答える。

「君の想像に任せる」

「な、なんですって？」

ヴィクトーリアの声が跳ね上がった。

リュシエンヌはニコレットの肩を抱いて、小声で促した。

「ニコレット、お昼寝の時間よ――今日はママのベッドで寝ましょうね」

「はあい」

勘の鋭いニコレットは、ヴィクトーリアとジャン＝クロードの間の微妙な空気を読んだらしく、素直に頷く。

ジャン＝クロードに軽く会釈し、素早くその場を後にした。

（ヴィクトーリア様――いったいジャン＝クロード様とどういう間柄なの？）

リュシエンヌは胸に湧き上がる苦い感情を押し殺した。

ニコレットをベッドに横たわらせ、毛布の上からとんとんと軽く叩いてやる。寝付きの良いニコレットは、すぐにとろーんとした目つきになる。

「ママ、こうしゃくさまとぴあの、たのしかったぁ」

「よかったわね。またピアノを聞いてもらいましょうね」

「うん……」

ニコレットは長い睫毛を伏せて、ことんと眠りに落ちた。

しばらくニコレットの様子を見ていてから、そっと立ち上がって寝室を出ようとした。すると、奥の子ども部屋からくぐもった言い争う声が聞こえてきて、はっとする。

「――愛人、ですって？」

ヴィクトーリアの声が引《ひ》き攣《つ》っている。

私のことだ――リュシエンヌははしたない行為とわかっていたが、子ども部屋のドアに近づいて、耳を澄ませた。

「じゃあ、さっきの女の子は、あなたたちの子どもということ？」

どきりとリュシエンヌの心臓が跳ね上がる。

「さあ――想像に任せると言ったろう」

ジャン＝クロードの声は落ち着いている。

「な……！　わ、私はあなたの許嫁《いいなずけ》なのよ！」

ヴィクトーリアの声が一オクターブ跳ね上がった。

（許嫁……？）

リュシエンヌは鋭いナイフで胸を抉られるような気がした。

同時に、ジャン＝クロードに対する恨めしいような気持ちが湧き上がる。

（生涯女はお前だけだって言ってくれたのに……）

自分の薄暗い心根に気がつき、リュシエンヌは首を強く振った。

（ジャン＝クロード様に許嫁がおられたって、愛人の私がどうこう思うのは出すぎたことだわ……）

「ヴィクトーリア、前から言っているが、私たちの婚約は親同士が幼い頃に勝手に決めたことだ――私は君とも誰とも結婚する気はない」

ジャン＝クロードがきっぱりした口調で言う。

「そんな……ドラクロワ家は由緒ある家系よ。血筋から言ったって、従姉妹《いとこ》の私があなたと結婚して後継を成すのが、一番自然だわ」

ヴィクトーリアは懇願するような声を出す。

「お願いよ、ジャン＝クロード。私と結婚してちょうだい」

「貴婦人から求婚するなんて、ヴィクトーリア、浅ましいまねはやめるんだ」

ジャン＝クロードがぴしりと言う。

「ひどい——ずっとあなたのこと、好きだったのに……」

ヴィクトーリアのすすり泣きが聞こえた、
程なく廊下側の子ども部屋のドアが開く気配がして、小走りにハイヒールの音が遠ざかっていく。

「……」

リュシエンヌはそっとドアから離れた。

ベッドのそばに腰を下ろし、ニコレットの天真爛漫な寝顔を見つめた。

ジャン＝クロードが自分の信念を曲げないことは、悲しいような嬉しいような複雑な気持ちだった。

ジャン＝クロードが他の女性を受け入れないことに、つい喜びが湧き上がってしまう。

一方で、やはり自分は一生日陰者の身なのだ、と思う。

（だめだめ——これ以上欲張りになってはいけないわ。ニコレットがいるだけで、わたしは充分だもの。その上で、ジャン＝クロード様のお傍にいられるのだから、過ぎるほどの幸福だわ。

手術代だって貸していただけた――これ以上欲張りになってはだめ）

しばらくじっと座って心を鎮め、そろそろと寝室を出た。

ジャン＝クロードは居間に戻っていて、ソファに深く腰を下ろし腕組みをして考え事に耽っている。

リュシエンヌが入ってくると、彼は腕を解き柔らかい口調で尋ねる。

「あの子は、寝たか？」

「はい……ぐっすり」

ジャン＝クロードが自分の傍を手で叩く。

「ここに座れ」

「はい」

おずおずとソファに座ると、肩に手を回される。

「ヴィクトーリアが騒がしてすまなかった」

「いいえ……」

「ヴィクトーリアが許嫁だったのは事実だが、私は彼女と結婚する気など毛頭ない。心配するな」

「い、いえ……心配など……」

「そうか？　ヴィクトーリアにやきもちを焼かなかったのか？」

揶揄《からか》うように言われ、頬にかっと血が上る。

「わたしはそんな立場では……」

そっと首を巡らせると、ジャン＝クロードが熱をはらんだ青い瞳で見つめてくる。

心臓がドキドキしてきて、慌てて顔を伏せる。

「それは、少しは嫉妬したという意味かな」

ジャン＝クロードの顔が首筋に埋められ、高い鼻梁がうなじのあたりを撫で回してくる。

「ちがいま……あっ」

擽《くすぐ》ったさに身を捩《よじ》ると、強引に引き寄せられて襟元から手が忍び込んできた。

「っ……だめ……っ」

直に乳房を撫で回した指がまだ柔らかい乳嘴を探り当て、指先が円を描くように捏ねくり回してくる。

「なぜ？」

ジャン＝クロードがふうっと熱い息を耳孔に吹き込んでくる。ぞわっと総毛立った。

あっというまに乳首が硬く凝って鋭敏になる。

「まだ、日が高くて……」

「お前は私の愛人だ。愛人なら、求められる時にはいつでも身体を差し出せ」

繊細な動きをしていた指が、尖ってきた乳首をきゅうっと捻《ひね》った。

「あっ、だめ……っ」

甘い刺激が身体の中心を走り、淫らな声が思わず漏れた。

はっと、寝室のニコレットを気遣い、口元に手を当てる。

その仕草に、ジャン＝クロードがふっと吐息で笑う。

「小さな子どもが起きてしまう？」

リュシエンヌは顔を赤く染めてこくりと頷く。

「では、はしたない声を出さないように、我慢するんだ」

するっと胸元から手が抜け出ていき、リュシエンヌはほっとした。

しかしそれもつかの間、少し身を離したジャン＝クロードは、さっとリュシエンヌのスカートを捲り上げ、露《あら》わになった両足をソファの上に抱え上げた。

「あ……」

するりと下穿きが引き下ろされる。

慌てて両足を閉じ合わせようとすると、片足を持ち上げられてバランスを崩しそうになる。

「小さな足だ――可愛らしい」

踝《くるぶし》の飛び出した骨を指でなぞり、足の甲、足指へとつつーっと移動してくる。

「ん……」

ただそれだけの動きなのに、胸の鼓動が速くなり落ち着かない気持ちになる。

「あの子の手足もとても小さかった。よくピアノの鍵盤が叩けるかと思うほど――そういうところは、似たのかな」

ジャン＝クロードが独り言のようにつぶやく。

次の瞬間、リュシエンヌの小さな足の先をジャン＝クロードが口に含んできた。

「あっ、ぁ……」

ぬるりと生温かい感触に、びくっと腰が浮いた。

「だめ、そんなところ……っ」

足を引こうとしたが、強い力でふくらはぎを掴まれてびくとも動けない。

熱い舌がぬるぬると指の間を這《は》い回り、爪先を擽り、口唇が指を吸い上げてくる。

「やめ、て、汚いです……だめ……」

擽ったさと不可思議な刺激に、下腹部の奥がぞわぞわ疼いてきて、リュシエンヌは腰を落ち着かなくもじつかせる。

「何も汚くなどない――美味だ」

ジャン＝クロードはくぐもった声を出し、小さな足指の一本一本を丁重に舐っていく。

「ん……ふ、んん……」

指をしゃぶり尽くすと、敏感な足の裏まで舌が這い回る。

「あ、や……ぁ、ぁ」

擽ったいのにむず痒い甘い疼きがどんどん膨れ上がってきていたたまれなくなり、リュシエンヌは足の甲をぴーんと突っ張った。

こんなはしたないことをされているのに、下腹部の奥はずきずきと脈打ち媚肉がひくついてしまう。

ジャン＝クロードは丁重に両方の足指を舐め尽くすと、ゆっくりと足の甲、ふくらはぎ、膝裏とじりじりと舐め上げてくる。

「ん、ふ、ぁ、ぁ……」

膝裏から太腿へと、じりじりと這《は》い上《あ》がってくる。

「も……やめて……やめてください……」

「なぜ？　お前を気持ちよくしてやるだけだよ――ただし、声を上げないように」

ちらりと顔を上げたジャン＝クロードは、うっすらと意地悪げな笑みを浮かべていた。

「……あっ」

両膝を大きく割られ、秘められた部分にジャン＝クロードの顔が埋められる。

ただ、彼は核心に触れぬよう、内腿をねっとりと舐めまわし、ときに強く吸い上げ、肌を味わい尽くす。

触れられない秘部が、焦れてひくひくうごめき、とろりと恥ずかしい蜜を吐き出すのがわかる。

「お前の肌は、どこもかしこも美味だ。たまらない。身体中に、私の刻印を押してしまいたい」

悩ましく囁きながら、じりっとジャン＝クロードの唇が花弁を軽く擦ってきた。

「んっ、ふっ……」

甘い痺れに、びくりと肩が震えた。

「ふふ——ここから、甘酸っぱい香りがしてきたぞ」

ジャン＝クロードが意地悪く笑う。

「や……ぁ」

ジャン＝クロードは尖らせた舌先で、潤んだ陰唇をゆっくりと押し開く。

「あ、あ、ぁ」

くちゅりとそこに溜まっていた愛蜜が溢れ出ていた。

ちゅうっと猥りがましい音を立てて、ジャン＝クロードが啜り上げる。

「はぁ、あ、ん、んぅっ」

痺れる快感に、甲高い声を上げそうになり、慌てて口元に拳を押し付けた。

「まだ触れてもいないのに、もうとろとろに蕩けている、ああ、また溢れて——」

長い舌が潤んだ秘裂を下から上に舐め上げ、陰唇の合わせ目の鋭敏な突起にそっと触れてくる。

「っ、だめ……そこっ……」

すでにずきずき痛みを伴うほど充血していた秘玉は、わずかな刺激だけで目も眩むような快感を生み出す。巧みな舌先が、ころころと円を描くように膨れた尖りを転がすと、得もいわれぬ愉悦がそこから迫り上がってきて、居てもたってもいられなくなる。

「ん、だめ、だめ、しないで……っ」

髪を振り乱していやいやと首を振り、ソファの上で尻をずらして口腔愛撫から逃れようとする。

しかし力強い腕が細腰を掴んで、やすやすと引き戻してしまう。

「悦いのだね——もっと悦くしてやろう。だけど、大きな声を出してはいけないよ」

ジャン＝クロードは子どもに言い聞かすみたいに念を押し、ぽってりと膨れ上がった秘玉をさらに舐めまわした。

「ふ……ぅ、ぐ……ふぁ」

ぴちゃぴちゃと愛蜜と唾液の弾ける淫な音が、股間からひっきりなしに上がり、恥ずかしくて全身の血が滾るようだ。

だけどその羞恥すら、与えられる快感にさらに拍車をかけるだけだ。

窄めた口唇で包皮を捲り上げて剥き出しにした花芯を、軽く吸われ、ぬるぬる撫でるように転がされ、時に甘噛みされる多彩な愛撫のもたらす媚悦に、リュシエンヌは息も絶え絶えになる。

「っ……く、う、うぅ、う……」

ねちっこく濃厚な刺激に、何度も軽い絶頂が襲ってきて、内腿がブルブル震えた。

蜜口が物欲しげに開閉を繰り返し、膣襞が刺激に飢えてきゅうきゅうと収斂を繰り返す。

秘玉を責められると、おのずと奥が満たされて欲しくてたまらなくなる。

「ふ、ぅ、ん、んんぅうっ……」

拳に歯を立てて、リュシエンヌは声を上げまいと耐える。

だが嬌声を押し殺すと、身内に溜まった淫らな熱が逃げ場を失い、行き過ぎた快感は苦痛すら与えてくる。

「や……もう、や……ぁ」

やめて欲しいのに、腰が誘うみたいに卑猥《ひわい》にくねるのが止められない。

辛い、辛すぎる。

早くいつもみたいに、熱く太くたくましい物で満たして欲しいのに——。

「すっかりびしょびしょにして——私が欲しくてたまらないのだろう」

股間からわずかに顔を上げたジャン＝クロードが、口元を淫猥に濡らしたままこちらを見つめてくる。ぞくぞくするほどいやらしくて性的魅力に溢れているその表情に、つーんと子宮の奥が痺れた。

「……や……そんなの……ちがっ」

リュシエンヌは耳朶まで血を上らせて、いやいやと首を振った。

だがひりつく陰核を強く吸い上げられ、息が詰まって背中が反り返ってしまう。

「ひ、あ、あ、ぁ、あぁ……っ」

目の前が真っ白に染まり、全身がひくひくと痙攣した。

声を上げまいと、ぎりっと手の甲に歯を立てて耐える。

「また達ったね——なん素直で可愛い身体なんだ——ここに欲しいだろう?」

ジャン=クロードの骨ばった長い指が、ふいにぬるりと媚肉を掻き分けて差し込まれた。

「んんぅっ」

硬い指の感触に、飢えていた柔肉が待ってましたとばかりに収縮した。

「お前のここが、とても悦んでいる——」

ぐぐっと根元まで突き入れられた指は、子宮口を擽り、うねる媚襞をゆるゆると擦ってくる。

指を使いながら、ジャン=クロードは再び尖り切った花芽を含んでくる。

「……め、や……め……く、くぅ、うぅ……っ」

びくんびくんと何度も腰が跳ねる。

「もう許し……て、だめ、もう……ん、んぁ」

目尻から生理的な涙が零れた。

いくら懇願しても、ジャン＝クロードは容赦ない愛撫をやめてくれない。

快楽でぼんやりした頭の隅で、リュシエンヌはそろそろニコレットが目を覚ます時間かもしれない、と思う。

「お……願い……ニコ……レットが……ぁ」

切れ切れに懇願すると、ジャン＝クロードが一瞬動きを止めた。

「そうか——では、終わらせてやろう」

そう呟くや否や、指の数が二本に増やされ、恥骨の裏側の少し膨らんだ内壁をゆっくりと押し上げた。

「んーーっ、ん、んんんぅ、あ、ん……っ」

そこをそうされると、もうダメだった。

全身に熱い愉悦が駆け抜け、内壁のどこからかじゅわあっと大量の潮が溢れてジャン＝クロードの顔からソファまでびしょびしょに濡らしてしまう。

「……あ、あ……ぁ、あぁ……ぁ」

身体が弓なりに反って硬直し、次の瞬間どっと力が抜けた。

「はぁ……は……はぁ、ぁ、あ」

詰まっていた呼吸が戻り、毛穴から汗が噴き出す。

「——感じすぎて漏らしてしまうお前が、とても愛おしいよ」

ジャン＝クロードがゆっくりと身体を起こした。

「いやぁ……」

猥りがましく達してしまった直後の表情を見られたくなくて、両手で顔を覆ってしまう。

すると、ジャン＝クロードの手が片手をそっと外した。

「血が滲《にじ》んでいる――こんなに我慢することはないのに。素直で可愛いリュシエンヌ」

ジャン＝クロードが歯型がくっきり浮き出た手の甲に、優しく唇を押し付けた。

「ぁ……っ」

その柔らかい感触にまで、感じ入ってしまう。

「ひどい……わ、こんなにして……」

気持ちよくしてもらったのに、自分の一番恥ずかしい部分を全部見られてしまったことで、恨めしくすら思う。

「ふふ――お前があまりに愛らしいから、つい苛《いじ》めたくなる――そんな風に思わせるのは、お前だけだ。許せ」

優しく子どもを宥《なだ》めるようにささやかれ、胸がじぃんと切なく痺れて、もう何も言えなくなる。

まだぐったりしているリュシエンヌの乱れたドレスを、ジャン＝クロードが丁寧に直してくれる。

「さあ――そろそろあの子が起きるのだろう？　行ってやりなさい」

「はい……」

促されてそろそろと立ち上がったが、ふと思いついてジャン＝クロードを振り返る。

「あの――ジャン＝クロード様も一緒に、ニコレットを起こしにいきませんか？　目覚めると目の前にジャン＝クロード様がおられたら、あの子はきっととても喜ぶと思います」

ジャン＝クロードは目を見開き、ぼそりと答える。

「お前がそうしたいのなら――」

リュシエンヌはにこりとした。

「したいです」

「仕方ないな」

ジャン＝クロードは口ではそう言いながら、いそいそと立ち上がる。

リュシエンヌは笑みを深くした。

（ジャン＝クロード様は、冷たい子ども嫌いなんかじゃないわ。あのように頑なに家族を拒むのには、きっと――なにか訳があるんだわ）

数日後の朝のことである。

リュシエンヌのもとに、「駒鳥亭」のマリアから手紙が届いた。

玄関口でお気に入りのくまのぬいぐるみとおままごとをしていたニコレットが、小走りで部屋に駆け込んでくる。

「ママ、ママ、おてがみきたよ。おやしきのしつじさんが、とどけてくれたの」

居間で身じたくをしていたリュシエンヌは優しく注意する。

「ニコレット、あまり走らないでね。あなた、身体が弱いんだから」

「はあい――でも、これおばあちゃんのじだもの」

リュシエンヌはぱっと顔を明るくする。

「まあ！　マリアからなの？」

受け取って急いで封を切る。

「ねーねー、はやくよんで、よんで」

ニコレットがしがみついて催促する。

「はいはい、ちょっとまってね。――ええと、リュシエンヌ、ニコレット、元気にしていますか？　ですって」

「はあい」

ニコレットが勢いよく手を上げたので、リュシエンヌは吹き出してしまう。

しかし、続きを読み始めて顔色が変わる。

「たいへん、オットーがはしごから落ちて足の骨を折ったんですって！」

「おじいちゃんが？」

ニコレットが読めもしないのに手紙を覗き込んで、心配そうに顔を歪める。

「いたいいたい、なの？　おじいちゃん、しんじゃう？」

涙目になったニコレットを、リュシエンヌはそっと抱き寄せる。

「ううん、命に別状はないんですって。でも、二ヶ月は動けないみたいだわ。マリアがさぞ苦労しているでしょうね」

「ママ、おじいちゃんのおみまい、いこうよ」

「そうね――ママも一度はオットーたちに、きちんとお話にいきたいと思ってたの」

リュシエンヌは考え込んだ。

ジャン＝クロードに訳を話せば、オットーのお見舞いにいかせてくれるだろうか。オットーとマリアのことが、ずっと気にかかっていた。ちゃんと顔を合わせて、今までのお礼もしたかったのだ。

「――でも、あなたが……」

首都に来たときはやむない事情で連れてきてしまったが、心臓の弱いニコレットを馬車に揺られて長旅させることは気が進まない。

「ママ、ママがだめっていうなら、あたし、ここでおるすばんしてるよ。くまさんもこうしゃくさまもいるから、ぜんぜんさびしくないもん」

リュシエンヌの気持ちを察したのか、ニコレットは健気《けなげ》に笑ってみせる。

「ニコレット――」

リュシエンヌはぎゅっと娘を抱きしめた。

確かに、この屋敷にいればニコレットは安全だろう。

「――侯爵様にお伺いしてみるわ」


朝食を摂りに離れを訪れたジャン＝クロードに、リュシエンヌはマリアからの手紙を見せた。

数日だけ「駒鳥亭」に行ってはいけないだろうか。小さいニコレットは連れて行くより、この屋敷で面倒を見てもらえないだろうか、と、おずおずと切り出す。

「お前の恩人たちなのだろう？」

ジャン＝クロードは手紙をざっと読んで、そう尋ねた。

「はい――お腹の大きい私を救ってくれたご夫婦です。出産から育児まで、ほんとうの娘のように面倒をみてくださいました。ニコレットのことも、とても愛してくださって――」

「今すぐに早馬の馬車を用意させる」

すっくとジャン＝クロードが立ち上がった。

「え？」

あまりの反応の早さに、リュシエンヌの方がぽかんとしてしまう。

ジャン＝クロードは戸口に歩き出しながら、肩越しに言う。

「なにをぼやっとしている、旅支度をしろ。半刻後、馬車を玄関口に横付けさせる。それで恩人の見舞いに行くがいい。御者にはお前が帰るまで、その街で待機するように命じるから、なんの心配もない。あの子にはお前が戻るまで、有能な乳母やメイドを付けて面倒みさせるから、私に任せなさい――」

と、一瞬足を止めたジャン＝クロードが、探るような目つきになる。

「――戻ってくるだろう？」

リュシエンヌは迅速なジャン＝クロードの行動に感激した。

「もちろんです」

ジャン＝クロードが深く頷く。

「では、問題ない」

くるりと背中を向けたジャン＝クロードに、リュシエンヌは胸の中で手を合わせて感謝した。

出立は慌ただしかった。

「ニコレット、ママはおじいちゃんのお見舞いが終わったら、すぐに帰ってくるから。それまでいい子にしているのよ」

「うん、うん、わかった。ママ、だいじょうぶ。おじいちゃんとおばあちゃんにいっぱいおはなししてね」

馬車の前で母娘は抱き合った。

「さあ急ぎなさい。到着が深夜になってしまう」

見送りにきたジャン＝クロードに促され、リュシエンヌは馬車に乗り込んだ。

窓から身を乗り出し、ニコレットが差し出した手を取ろうとした。だが、小さいニコレットが懸命に差し伸べた手には、届かない。

「ちゃんと侯爵様のいうことをきくのよ」

「はあい」

ニコレットが片手を高々と上げて返事をする。

と、ジャン＝クロードがニコレットの腰を抱き、馬車の窓際まで持ち上げてくれる。

母娘はしっかりと手を握り合った。

「ニコレットをお願いします、ジャン＝クロード様」

「わかっている。心配するな」

二人の視線が絡む。

リュシエンヌは愛情を込めて、ジャン＝クロードの青い目を見つめた。

ジャン＝クロードも見つめ返してくれて、そこには自分と同じくらい愛がこもっているように思えた。

馬車が走り出す。

「行ってきます」

窓から手を振ると、

「ママ、いってらっしゃい」

と、ジャン＝クロードに抱かれたニコレットが手を振《ふ》り返《かえ》す。

みるみる二人の姿が遠ざかった——。

＊＊＊＊＊＊＊＊

初めてその幼女を見たときから、ジャン＝クロードの心はざわついていた。

リュシエンヌに瓜二つの小さな娘。

目の色こそ違うが、艶やかなブロンド、透き通った白い肌、苺のような赤い唇、母親のよいところばかりを受け継いでいる。

ひょっとして自分の娘なのか——と、リュシエンヌを問い詰めたが、彼女は否定した。

あの別荘での夏の日々——。

ひと目惚《めぼ》れとはこういうことを言うのか、と思った。

リュシエンヌが軽やかな足取りで居間に入ってきたとき、胸にずしんと重い衝撃を受けたのを、昨日のことのように覚えている。彼女から目が離せなかった。

森の妖精か空から舞い降りた天使か、と見まごうばかりの美しさ。

だが、容姿が優れているだけではない。

メイドとして働いていて、きちんと礼儀もわきまえているのだが、どこか凛《りん》とした気品と芯の強さが感じられ、そこに惹《ひ》かれた。

今までジャン＝クロードは、女性にこんなにも心惹かれることはなかった。

少年の頃のトラウマが原因で、女性と深く関わって、やがて結婚するような羽目に陥ることだけはずっと避けていたのだ。

自分が誰かを真剣に愛することなど、できないと思っていた。

けれど――。

リュシエンヌに夢中になった。

恋とはこんなにも心が躍り、幸福でなにもかもが輝いてみえるものだったのか。

リュシエンヌが微笑むだけで全身の血が滾り、密《ひそ》やかなため息にすら胸がせつなく締め付けられた。彼女が愛しい、彼女を独り占めしたい、彼女とずっと一緒にいたい――そう切に願う自分がいた。

求めても求めても、リュシエンヌが欲しい。

愛と情熱の夏――。

首都の本宅に帰らねばならない日が近づくにつれ、ジャン＝クロードの苦悩は深くなった。

もはやリュシエンヌなしの人生はあり得なかった。

だが、結婚し子どもを成すことに対する恐怖は根強い。

リュシエンヌと生涯を共にしたいと心から願ってはいた。が、彼が妥協できるぎりぎりの線は、彼女を内縁の妻として迎えるということだった。

若いリュシエンヌはその提案に、きっと傷ついたのだ。

無理もない。

初心で夢見がちな娘が、愛する人から結婚もしない子どももいらないなどときっぱり言われて、ショックを受けないわけがなかったのだ。

それでも――ジャン＝クロードはリュシエンヌが自分を愛していることに対して、自信があった。どういう立場であれ、リュシエンヌは自分と共に生きる人生を歩んでくれるに違いないと確信していた。

だから――翌日リュシエンヌが、何も告げずに姿を消したことにひどく打ちひしがれたのだ。

やはり結婚願望があったのか――。

生涯女性はリュシエンヌひとりだという言葉を、信じてはもらえなかったのか――。

悄然《しょうぜん》と首都に戻ったジャン＝クロードは、必死でリュシエンヌの行方を捜させた。

自分にだけ都合のいい提案をして、リュシエンヌを深く傷つけたことを後悔した。

（彼女とならーーもしかしたら結婚しても、幸福な家庭を築くことができるかもしれない）

ほのかな希望もある。

だが、どんなに手を尽くしても、リュシエンヌを見つけることはできなかった。

若く美しい少女がひとりでどこかに暮らしていれば、きっと発見することができると信じていたのにーー。

二年、三年と、ジャン＝クロードは諦めずにリュシエンヌを探し続けた。

そこへ突然、彼女の方から現れたのだ。

彼女の訪問を執事から告げられた時、ジャン＝クロードは踊り上がらんばかりに喜んだ。

どんな理由があったにせよ、こうやって戻ってきてくれたのだ。

二度と離さない。

愛して大事にして甘やかして可愛がってーーそう、結婚してもいい。

なにもかもリュシエンヌの望み通りにしてやろう。

そう意気込んで、客間のドアを開けたのだ。

四年ぶりに再会したリュシエンヌは、変わらず美しかった。いや、しっとりと落ち着きがあり憂いを帯びて、以前よりずっとずっと美しい。

だが、そこにーー子どももいた。

思いもかけないことだった。

しかも、他の男と成した子であるという。あまつさえ、その子どもの養育費を貸せといってきたのだ。

そんな厚顔で狡猾《こうかつ》な女だったのか。

刹那、激怒し絶望し、彼女に裏切られた気がした。

だが次の瞬間、胸の中に仄暗《ほのぐら》い感情が生まれてきた。

金と引き換えに、リュシエンヌを手中に収めるのだ。

どういう形であれ、もう二度と逃がさない。他の男のものになんか、決してさせない。

愛人になれという申し出を、リュシエンヌは承諾した。

ジャン＝クロードは内心快哉《かいさい》を叫んだ。

これでリュシエンヌは生涯自分のものだ。

二千マルナというとてつもない金額を、なぜ必要かはわからないが、そんな大金を身寄りのない彼女が返済できるはずもない。

要するに、ジャン＝クロードは二千マルナでリュシエンヌを購《あがな》ったのだ。

自分こそ薄汚い、という自覚がある。

けれど、どんな手段を使っても、リュシエンヌを自分の傍に置きたかったのだ。

子どもは、どうでもいい。扱いに困るが、無視すればいいのだ。

それなのに――。

ニコレットいう名のその娘は、物怖じせずジャン＝クロードに歩み寄り、握手を求めてきた。

ちっぽけな手で、力を込めて握ったら折れてしまいそうだ。

おそるおそるその手を包み込む。

温かく柔らかく生命力に満ちた手の感触に、なぜだか胸が締め付けられた。

他の男の子どもなんか憎いだけだと思ったのに、ニコレットにほほえみかけられて、心の中がじんわり和んでしまった。

不思議な子だ、と感じた。

その子はごくごく自然にジャン＝クロードに接してきて、あっという間に、頑なな心を溶かしていく。

子どもなどうっとうしいだけだと思っていたのに、ニコレットが懐《なつ》いてまとわりついてくると、気持ちが浮き立ってしまう。

可愛い、と思う。

どうしてだろう。

子犬や子猫を可愛いと思う気持ちとは、また違う。

もっと切実に、胸に訴えてくる熱いものの正体がなんであるか、ジャン＝クロードにはわからない。わからないが、少しも不快ではなかった。

リュシエンヌが「駒鳥亭」に向かって旅立った時。

それまで元気よく去っていく馬車に手を振っていたニコレットは、馬車の姿が見えなくなると、とたんにしょんぼりしてしまう。

抱いている腕の中で、小さな身体がみるみる力を失っていくのがわかる。

リュシエンヌに心配をかけまいと、せいいっぱい元気なふりをしていたのだ。

幼いのになんと健気なのだろう、と胸を打たれた。

「──私は、議会の仕事で出かけなければならないが、一人で大丈夫か？」

なるだけ優しい声を出すように努めた。

うつむいていたニコレットは、ぱっと顔を上げて微笑む。

「うん、へいきです、こうしゃくさま。あたし、ひとりであそぶの、なれてるもん。くまさんといっしょに、ごほんをよんでるね」

その笑顔が痛々しく、ジャン＝クロードは思わず小さな身体を抱きしめたい衝動にかられた。

「そうか──今日は私はなるだけ早く帰宅しよう。そうだな、いっしょに晩餐を食べてから、私が絵本を読んであげるのは、どうだね？」

わあい、とニコレットが歓声を上げた。そして、ジャン＝クロードの首にきゅっと抱きつき、すべすべした頬を擦り付けてくる。

「うれしい、こうしゃくさま、すっごくうれしい！　あたし、おりこうにしてまってます」

柔らかな少し甘い香りのするニコレットの頬の感触に、ジャン＝クロードは胸の奥からじんわりと温かい気持ちが湧き上がるのを感じた。

「そうか、いい子にしていなさい」

そう言い置いて、いつものように支度をして屋敷を出た。

普段通り貴族院へ出かけ、会議に出席する。

だが、なんだか議題がなかなか頭に入ってこない。

あの小さなニコレットが、ぬいぐるみ相手にぽつんとひとりぼっちで部屋にいると思うと、かわいそうで心配で居ても立ってもいられない気持ちになる。

その日は最後まで議会は上の空になってしまい、ジャン＝クロードは自家用馬車に乗って早々に帰宅の途についた。

途中、メインストリートに出ると馬車を止めさせて、一軒の店に入っていく。

首都で一番大きな玩具屋《おもちゃや》だ。

前にニコレットに贈ったくまのぬいぐるみは、ここで購入した。

あの時は、適当に選んだのだが、ニコレットがことのほか喜んでくれたのが、嬉しかった。

くまのぬいぐるみは二種類あった。

赤いリボンの蝶《ちょう》ネクタイをしたくまと、ピンクのリボンを頭に付けたくまだ。

蝶ネクタイのくまはもうニコレットが手にしているので、ピンクのリボンのくまを購入することにした。

仲間ができて、きっとニコレットが喜ぶだろうと思うと、ジャン＝クロードはがらにもなくうきうきしてしまう。

可愛いラッピングをしてもらい、それを持って家路を急いだ。

本宅には寄らず、直接離れに向かう。

出迎えたメイドたちに聞くと、ニコレットは静かに子ども部屋で遊んでいるという。

ジャン＝クロードはくまのぬいぐるみの包みを抱え、すぐに子ども部屋に向かう。

子ども部屋のドアを軽くノックして声をかけた。

「──起きているか？　私だ」

返事がない。

寝てしまったのだろうか。

ジャン＝クロードはそっとドアを開いた。

玩具が散らばった床に、ニコレットがうつ伏せになっている。

「そんなところで寝ては、風邪を引いてしまうぞ」

声をかけながら近づいて、ニコレットの顔を覗き込んだ時、ぎくりとした。

顔色は紙のように真っ白で、ぎゅっと目を閉じて苦しげに浅い呼吸を繰り返している。

「おいっ」

思わず抱き起こすと、ニコレットがうっすら目を開ける。涙目で焦点が合っていない。

「あ……こうしゃくさま……あたし……くるしい……むねが……ぎゅーって……」

ニコレットは掠れた声で途切れ途切れに答える。

「しゃべらなくていい！　大丈夫だから！」

ジャン＝クロードはニコレットを抱き上げると大股で部屋を出て、大声で呼ばわった。

「誰か！　至急、主治医を呼べ！　大急ぎだ！」

なにごとかと駆けつけたメイドたちは、ジャン＝クロードの腕の中でぐったりしているニコレットを見て色めきたち、慌てふためいた。

医者を呼びに駆け出していく者、消毒用の湯を沸かしに厨房に飛んでいく者——混乱の渦中で、ジャン＝クロードは寝室の大きなベッドにニコレットを静かに横たえた。

「しっかりするんだ、今すぐ医者がくる。楽になるからね」

枕元で声を潜めて囁くと、ニコレットは苦しそうな呼吸の中、ジャン＝クロードに顔を向けて微笑もうとする。

「こうしゃくさま……ママにはないしょにして……ママ、すごくすごくあたしのことしんぱいするから……ママ、かわいそうだから」

「そんなわけには——」

と言いかけて、そっとニコレットの手を両手で包み込んだ。いつもは温かな手が、今は氷のように冷たい。このまま息を引き取るのではないかと、ぞっとした。

「わかった——お前の言う通りにするから、心配するな」

ニコレットはにこりとした。

その笑顔があまりに透明で儚くて、ジャン＝クロードは熱いものが胸にこみ上げてきて、必死でそれを押し殺した。

主治医はほどなく駆けつけてきた。

診察の間、ジャン＝クロードは寝室の外で待たされた。

気が気ではなく、ドアの前を行ったり来たりする。

その間、早馬を出させて、「駒鳥亭」に向かったリュシエンヌの馬車を追わせた。一刻も早く彼女を呼び戻さねば——。

何時間も待っていたような気がした。

ようよう寝室のドアが開き、主治医が看護師とともに出てきた。

「ドクター、あの子は、容態はどうなんですか？」

主治医の胸ぐらを掴まんばかりの勢いで聞きただす。

いつもは冷静沈着なジャン＝クロードだが、今はなりふりかまう余裕が出なかった。

「侯爵様、落ち着いてください。彼女は今は落ち着いて、静かに眠っています。命にかかわることはありません」

「ああ――」

ジャン＝クロードは深く息を吐き肩の力を抜く。心から安堵した。

「よかった――ドクター、取り乱したりして、すまない」

「いいえ――大事な娘さんでしょう」

主治医は誤解したようだが、ジャン＝クロードは訂正する気力がなかった。

「しかし――侯爵様、娘さんは重大な疾患を抱えておられます。ゆくゆくは、重篤な事態に陥ることも――」

ジャン＝クロードはびくりとして顔を上げる。

「な、なんだって？」

主治医は厳しい顔つきで言う。

「とりあえず、娘さんの病状についてご説明しましょう――」

ジャン＝クロードはごくりと生唾を飲み込んだ。


小一時間ほどして、主治医たちが屋敷を後にすると、ジャン＝クロードはふらつく足を踏みしめ、ニコレットの寝ている寝室へ向かった。

音を立てずにドアを開け、そっとベッドに近づく。

ニコレットはこんこんと眠っていた。

顔に幾らか血の気が戻っていて、ジャン＝クロードは胸が震えるほどほっとする。

ベッドの傍に跪き、ニコレットの寝顔を見つめた。

先ほど、主治医から説明されたことが、まだ頭の中を渦巻いている。

「――ニコレット」

ジャン＝クロードは初めて彼女の名前を口にした。

それまで、「あの子」とか「お前」とかでしか呼ばなかった。

名前を呼ぶと、情が移りそうで怖かったのだ。

だが、今は――。

「……ん、ふ……」

ニコレットが少し息苦しそうに顔を歪めたので、ジャン＝クロードは毛布を少し下ろし、彼女の寝巻きの前を少し緩めてやろうとした。

前開きの寝巻きのボタンを幾つか外した時、ジャン＝クロードははっと息を飲む。

ニコレットの右の鎖骨のすぐ下に、小さな赤い花びらのような痣《あざ》が見えた。

「これは――」

ジャン＝クロードは目を見開き、その小さな痣をまじまじと見つめた。

それから、そっとニコレットの白い額に垂れかかる前髪を撫でつけてやる。

「そうか――そうだったのか」

主治医の話とニコレットの痣を発見したことで、全てが腑《ふ》に落ちた気がした。

「ニコレット――ニコレット」

ジャン＝クロードは、万感の思いでその名前を繰り返す。

＊＊＊＊＊＊＊＊＊

街道の途中で、ジャン＝クロードが寄越《よこ》した早馬の使いが追いつき、リュシエンヌはそのまま馬車を返して全速力で屋敷に戻った。

帰りの馬車の中で、リュシエンヌは激しい後悔と自責の念に苛《さいな》まれていた。

ここのところ、ニコレットはとても体調が良く発作も起こさなかったので、ついつい気を抜いてしまったのだ。それが、よりによってリュシエンヌが家を空けたその時に、発作が起こるなんて――。

（ばかばか、愚かな私――ニコレットの身体を、いつだって気遣ってあげなくちゃいけなかったのに……！）

ジャン＝クロードとともに暮らす喜びが、ついつい気の緩みを生んだのだ。

今までニコレットにだけ向けていた心が、半分ジャン＝クロードに持っていかれていた。そこに油断があった。

（ごめんね、ごめんなさい、ニコレット。いい気になっていたママを許して——どうか、帰り着くまで無事でいて……！）

両手をきつく握りしめ、必死で祈った。

夜明けに首都の屋敷に到着すると、転げるように馬車を下り、スカートをからげて夢中で離れに向かって走っていた。

「リュシエンヌ、戻ったか！」

玄関口にジャン＝クロードが立っていた。

寝ないで帰りを待ちわびてくれたのだろうか。

その長身で頼り甲斐のある姿を見ると、張り詰めていた気持ちがぷつりと切れてしまいそうで——。

「ああ、ジャン＝クロード様、娘は？　ニコレットは？　ニコレットは？」

ジャン＝クロードにしがみつき、咳込《せきこ》むように尋ねる。

「大丈夫だ、もう静かに眠っている。大事はない」

ジャン＝クロードの声は落ち着いていて、混乱していたリュシエンヌの気持ちが幾分鎮まった。

「ああ……よかった……生きた心地もしなかった……」

リュシエンヌは気が抜けて、その場にへなへなと頽れそうになる。

ジャン＝クロードが素早く両手を支えてくれた。

「おいで——寝室で寝ている。顔を見てあげてくれ」

「はい……」

よろめく足を踏みしめ、ジャン＝クロードにほとんど抱きかかえられるようにして、離れの中に入った。

寝室のドアを慎重に開けて、ジャン＝クロードが背中をそっと押した。

カーテンをぴっちり閉め、枕元のオイルランプの灯りだけの薄明るい部屋は、ほっとするような静寂感がある。

大きなベッドの真ん中に、小さなニコレットが眠っている。

「ニコレット……」

口の中で小さく名前を呼び、枕元に跪く。

少し顔色が青白いが、呼吸は規則正しい。

「ああよかった……本当に……」

シーツに額を押し付け、両手を組んで神に感謝した。

そっと肩に手を置かれた。ジャン＝クロードがいつの間にか背後に立っていた。

「――リュシエンヌ、話がある。居間の方においで」

「はい――」

何を言われるのだろう。

ニコレットの発作で、もしかしたら病気のことがわかってしまったのかもしれない――こんな爆弾を抱えた子どもを、ジャン＝クロードはやっかいだと思ったろうか。

居間に入ると、リュシエンヌをソファに座らせ、ジャン＝クロードは窓際に向いて立った。

しばらく何かを考えている様子だったが、やがてゆっくりと顔を振り向けた。

「あの子――ニコレットは、心臓の病だそうだね。今日、初めて主治医に聞いた」

やはり――わかってしまったのだ。うなだれて答える。

「はい――そうです」

「いずれ成長したら、手術が必要だと」

「はい」

「それにはたいそうな医療費がかかるそうだね。そう――二千マルナくらいだと」

「！――」

ジャン＝クロードがゆっくりとこちらに近づいてくる。

「お前が突然強欲な女性のように振る舞って私の前に現れたのは、そのためだね？」

リュシエンヌは喉が詰まってしまい声が出ず、かすかにこくりと頷いた。

「娘の命を救うために、私の愛人になることも承諾したんだね」

再び頷いて、目を伏せる。

自分の浅ましい行動を非難されるかもしれない、と身構える。

ふいにジャン＝クロードが口を閉ざした。

肩を震わせてうなだれているリュシエンヌを、穴があくほど凝視してる気配を感じる。

かれはおもむろに口を開く。

「ニコレットのことは心配しなくていい。私が全力でサポートしよう。これからは、常に屋敷に医師を置くことにする。いつあの子に発作が起きても、迅速に対応できるようにする。そして、いずれあの子が手術できる年になったら、この国一番の心臓外科医に手術してもらえるよう、手を尽くす」

「そんな――ほんとうですか？　そこまでしてくださるなんて……」

リュシエンヌはあまりの嬉しさに、声が詰まってしまう。

「ありがとうございます。ありがとうございます！――いくら感謝してもしつくせません！」

ジャン＝クロードの手を取って、額を擦り付けて感謝する。

すると彼が、ぽつりとつぶやく。

「感謝などいらぬ――欲しいのはそんな言葉ではない」

「え？」

聞き正そうと顔を上げると、ジャン＝クロードはふいっと視線を逸らしてしまう。

「と、とにかく――ニコレットのことは全て私に任せなさい」

「はい、どうかよろしくお願いします」

深く頭を下げると、ジャン＝クロードがあやすように背中を優しく撫でてくれる。

そのごく自然でさりげない優しさにも、胸が甘くときめいた。

この人を愛している。

以前に増して強く深く――。

だから、もう一生愛人でもかまわない。

ジャン＝クロードの傍でニコレットと二人、ひっそりと日陰の花のように生きていくのも幸せだ――。

背中を摩《す》る手の平の温かさをしみじみ感じながら、リュシエンヌはそう思った。

リュシエンヌは自分が行けない代わりに、「駒鳥亭」に誰か手伝いの者を送るように頼んだ。

ジャン＝クロードはすぐさま、有能な看護師とメイドを「駒鳥亭」に手配してくれた。

その後、オットーの怪我は順調に回復したのとのことで、ニコレットは胸を撫でおろしたのだった。

# 第四章　嫉妬と監禁

発作を起こして倒れてから数日後、ニコレットは以前と変わらぬくらいに元気になった。

そうなると、遊びたい盛りの彼女はじっとしていない。

内庭を飛んだり跳ねたりするニコレットを、リュシエンヌはやんわりと注意した。ほんとうは、思いきり走り回らせてやりたかったが、またいつ発作が起こるかもしれない。

ジャン＝クロードは言葉通り、屋敷に医師を常駐させるようにしてくれたので、少しだけ安心だったが——。


半月後——。

晩餐のデザートのアイスクリームをスプーンで掬いながら、ジャン＝クロードがおもむろに切り出す。

この頃のジャン＝クロードは、食事は必ず離れでリュシエンヌたちと摂るようになっていた。

「月末、王家の血筋の公爵夫人が舞踏会を開くそうだ。私にも招待状が来た。公爵夫人の夫であるバロン公爵は、貴族議会の議会長を務めているので、恩義もある。それで、リュシエンヌ――」

ニコレットの口元をナプキンで拭いていたリュシエンヌは、なんだろうと顔を上げる。

「お前に同伴してもらいたい」

リュシエンヌは目を見開く。

「わ、わたしにですか？」

「そうだ。舞踏会には女性同伴が決まりだからな」

「わあ、すてき！　ママ、ぶとうかいって、おうじさまとだんすをおどるんでしょ？」

アイスクリームに夢中になってぱくついていたニコレットが、歓声を上げた。

リュシエンヌは戸惑った。

「でも――わたしは……」

ジャン＝クロードの愛人の立場で、正式な場所へ出て行くのは気が引けた。

「お前以外に、連れていきたい女性などおらぬ――お前が嫌なら、舞踏会の出席は取りやめる」

ジャン＝クロードの断固とした口調に、リュシエンヌは慌てる。

「そんな――それはいけません」

「では、来るな？」

貴族議会の議長である公爵様からの招待を無下に断っていいはずがない。だが、ニコレットの身体のことも心配だ。

以前、自分が留守に時に発作を起こして倒れたので、少しでもニコレットから目を離したくない。

「でも……ニコレットを置いていくのが心配です」

するとジャン＝クロードが事もなげに答える。

「では、ニコレットもいっしょに舞踏会に連れて行けばよいだろう。もちろん、お付きのメイドと、控えの間に医師と看護師を待機させる」

ニコレットがぱっと顔を明るくする。

「えっ、ぶとうかい？　あたしもいっていいの？　こうしゃくさま！」

ニコレットの弾んだ声に、ジャン＝クロードは鷹揚に頷く。

「ああ――そうだ、舞踏会にふさわしいドレスが必要だな。リュシエンヌとニコレットに、新しい夜会用のドレスを仕立ててやろう」

うわあっとニコレットが飛び上がって喜ぶ。

「ドレス？　あのね、あのね、おひめさまがきるみたいな、おそでがふくらんでて、スカートがふわってなってるのがいいの！」

「いいとも。首都一番の仕立屋を呼んでやろう。ニコレットはきっと、世界一美しいお姫様になれるぞ」

「きゃああ、すごいすごい！　ああママ、たのしみだねぇ」

手放しで喜ぶニコレットに、リュシエンヌは咎《とが》め立《だ》てもできない。

「では——おっしゃる通りにいたします。けれど、ニコレットの具合が少しでもおかしいと感じたら、申し訳ありませんが、その場で辞去させていただきます」

「うん、それでいい」

ジャン＝クロードが満足げになる。

リュシエンヌは彼の真意が計りかねる。

愛人とその娘を堂々と公の席に連れて行くというのだ。

それではまるで——ほんとうの妻子扱いではないか。いったいどういうつもりなのだろう。

ニコレットと楽しげに会話をしているジャン＝クロードを、リュシエンヌは無言で見つめていた。


——舞踏会当日。

朝から離れのメイドたちは、リュシエンヌとニコレットの支度をするために大わらわだった。

リュシエンヌは念入りに入浴させられ、特に艶やかなブロンドは卵の白身を塗って丁重に洗われた。風呂から上がると、全身をマッサージされ、香料入りのオイルを肌に塗り込まれる。

こんなお姫様のような扱いをされるのは初めてで、リュシエンヌはぼうっとしてしまう。

おろしたてのコルセットを締め、この日のためにジャン＝クロードが仕立てさせた新しいドレスを身にまとう。

柔らかなオリーブグリーンの絹のドレスは、最新流行のマーメイドスタイルだ。

上半身は身体の線にぴったりとフィットし、足元に行くにつれてスカートが美しく広がって、裾は長く後ろに引いている。

ノースリーブなので、透き通るような白い肌と華奢な腕が強調され、着付けをしているメイドたちは、お世辞ではなく一様に感嘆の声を上げた。

「まあ、なんて品が良いのでしょう！」

「こんなにお美しい淑女は、見たことがございません！」

「ウエストが折れそうに細くて——なんて見事なスタイルなんでしょう！」

そんな手放しで褒められた事がないので、照れ臭くて頬が熱くなる。

化粧台の前で念入りに化粧を施してもらい、髪の毛を複雑に編んでアップに結い、真珠のイヤリングとネックレスを飾った。

「さあできました！　これならご当主様もさぞやご満足でしょう。ご覧になってください」

メイドに促され、おずおずと鏡台に映った自分の姿を見る。

「まあ――これがわたし？」

目も覚めるような美女がそこにいて、リュシエンヌは我が目を疑う。

美しいドレス、艶やかな自分――。

図らずも胸が躍って、わくわくしてきた。

舞踏会でジャン＝クロードとダンスすることを想像するだけで、うっとりしてしまう。

今までずっとニコレットの母として生きてきた。

おしゃれすることも楽しむこともせず、ひたすら子育てに専念してきた。

でも――自分はまだ二十歳の乙女なのだ。

その時、リュシエンヌははっと気がついた。

（もしかして――ジャン＝クロード様はわたしのために、舞踏会に同伴しようと言ってくださったの？　ずっと閉じこもっているわたしの気がまぎれるように？）

「わあ、ママ、ほんもののおひめさまみたい！」

歓声を上げて、ニコレットが化粧室に飛び込んできた。

ニコレットも新調のドレスでおめかしをしていた。

薔薇色のフリルをふんだんに使った素晴らしいドレスだ。

ニコレットの希望どおり、袖がふんわり膨らんで可愛らしく、セミロングの長さのスカートはふわりと大きく広がっていて華やかだ。腰のところを真っ赤なリボンベルトできゅっと締めて、後ろに長く垂らしたリボンが妖精の羽のよう。

ふわふわのブロンドの髪は綺麗に梳き流し、ベルトと同じリボンで飾られていて、実に愛らしく仕上がっている。

「まあ、ニコレット！　あなたこそ、天使か王女様みたいよ！」

思わずリュシエンヌが褒めると、ニコレットはその場でくるりとひと回りしてみせた。スカートが大輪の薔薇の花のように広がった。

「うふ、すてきでしょ？」

「本当に素敵だわ。侯爵様にきちんとお礼を言わないとね」

「礼など不要だ。支度はできたかな？」

ふいに戸口に背の高い影が差して、ジャン＝クロードが現われた。

「あ――ジャン＝クロード様」

リュシエンヌは急いで立ち上がった。

ニコレットがジャン＝クロードの方へ小走りに寄っていく。

「みてみて、こうしゃくさま、すてきでしょ？」

ジャン＝クロードはひょいとニコレットの腰を抱いて持ち上げる。

「うむ、こんな美しいお姫様は見たことがない」

「うふふ」

褒められたニコレットが、満面の笑みになった。

「リュシエンヌも――」

ニコレットを抱いたまま、ジャン＝クロードがこちらに向き直り、声を飲んだ。

ジャン＝クロードは目を眇めてこちらをじっと見ている。

「あの――そんなに見ないでください……恥ずかしいです」

リュシエンヌが顔を赤らめると、ジャン＝クロードが口元をほころばせた。

「素晴らしい――お前は首都で一番の淑女だ。私は誇らしいよ」

「そんな……」

手放しで褒められて、こそばゆくも嬉しい。

「ニコレット、お前のママは世界一の美人だ」

ジャン＝クロードがニコレットに白い歯を見せる。

するとニコレットが、

「うん、そうだよ。こうしゃくさまったら、いまごろわかったの？」

と、しれっと返す。

ジャン＝クロードがははと声を上げて笑う。

「これは一本取られたな」

すると、リュシエンヌの横に付いていた年かさのメイドが、驚いたように小声で漏らした。

「まあ、ご当主様でも声を上げてお笑いになるのだわ」

リュシエンヌはその言葉が胸に引っかかる。

ではジャン＝クロードは、これまで心から笑ったことがなかったのだろうか。

高い身分を持ち、首都でも指折りの裕福で、由緒ある貴族議会の議員であり、容姿端麗頭脳明晰《めいせき》、非の打ち所がないと思われているジャン＝クロードなのに——。

リュシエンヌは初めてジャン＝クロードと出会ったときのことを、ふと思い出す。

ソファに深くもたれ、気配を消して居間にいた彼からは、濃い孤独の影が差していた。

家族や子どもを頑なに拒否するジャン＝クロードには、なにか辛い心の傷があるのかもしれない——。

「さあ、なにをぼうっとしているリュシエンヌ。出かけるぞ」

ジャン＝クロードに声をかけられ、はっと我に返った。

「は、はい」

差し出された彼の手に自分の手を預ける。

ジャン＝クロードはもう片方の手で、ニコレットの手をしっかりと握った。

「さあ、行こうか」

「はぁい」

ニコレットが元気よく返事をした。

三人で手をつなぐ姿はまるでほんものの家族のようで、リュシエンヌは嬉しさとせつなさが混じった複雑な気持ちになった。

首都の高級住宅街の一角にある公爵夫人の屋敷は、ジャン＝クロードの屋敷に輪をかけて大きくかつ荘厳であった。

先に降りたジャン＝クロードに手を貸してもらって馬車を降りたリュシエンヌは、文字通りお城のような公爵家の屋敷に、圧倒される。

プロムナードに次々横付けされる馬車からは、いかにも裕福で身分の高そうな人々が降りてくる。皆贅《ぜい》を尽くした服装をしていて、特に女性たちは我こそは舞踏会の花であると言わんばかりに、それぞれに美麗なドレスに身を包んでいた。

「うわあ、こうしゃくさまのおうちより、もっとおおきい——」

おしゃまなニコレットも、さすがに声を失っている。

「皆様とてもお美しい——」

リュシエンヌは声を潜めてつぶやく。にわかに着飾った自分など、ひどくみすぼらしいとしか思えない。

すると手を添えていたジャン＝クロードの腕に、ぐっと力がこもった。

「臆するな、顎を引け。お前はここにいる誰よりも美しく気品がある」

「わたし……」

自分の気後れを、ジャン＝クロードは素早く察知してくれたのだ。

「自信が持てぬのなら、私の言葉を信じろ。お前は世界一美しい」

胸の中に熱く強い気持ちが湧き上がる。

（そうだ。おどおどしていたら、恥をかくのはジャン＝クロード様なのだ。しっかりしよう。胸を張って――）

リュシエンヌはキッと顔を上げ、しゃんと姿勢を正した。

ジャン＝クロードに導かれ、優雅な足取りで屋敷の中に入っていく。

控えの間に案内されると、すでに到着していた十組ほどの客たちがいっせいにこちらを見た。

ざわっと控えの間の空気が動いたような気がした。

ジャン＝クロードは窓際の席にリュシエンヌとニコレットを座らせると、

「ボーイに飲み物を持ってこさせよう。それと、ニコレットを同伴した事情を公爵夫人に説明してくるから、しばらく待っていなさい」

と言いおくと、足早に控え室を出ていった。

「はい」

てきぱきと行動するジャン＝クロードの背中を、リュシエンヌは頼もしく見送る。

隣の椅子にちょこんと座ったニコレットは、こんな大勢の人を見るのは初めてなので、物珍しい顔できょろきょろしている。ニコレットがはあっとため息をついた。

「すごいねぇ、ママ。みんなきれいだねぇ」

「ほんとうに――みなさん、とても美しくて」

するとニコレットが背伸びをして、自分の口元に手を当て、リュシエンヌの耳にひそひそ話しした。

「でもね、ママがいちばんきれいだよ」

「まあ」

ジャン＝クロードと同じことを言う。

嬉しくてこそばゆくて、思わず笑みが浮かんでしまう。

そこへジャン＝クロードが戻ってきた。手にはグラスを二つ持っている。

黄金色のシャンパンの入ったグラスをリュシエンヌに、もう片方のオレンジジュースのグラスはニコレットに渡す。

「事情を説明したら、公爵夫人は快く子連れ同伴をお許しになったよ。ニコレット――よく聞きなさい」

ジャン＝クロードは長い足を折ってニコレットの前に跪き、まっすぐ目を見て言い聞かす。

「ほんとうは、ここは大人の場所だ。今日は特別にお前を連れてきてあげたのだ。だから、私とママが踊ってくる間は、この控えの間でおとなしくしているんだ。できるかな？」

ニコレットは生真面目な表情でこくりと頷く。

「うん、わかった。あたし、ここでメイドのマーサとまってるから、こうしゃくさまとママはいっぱいおどってきてください」

「いい子だ」

ジャン＝クロードは目を細め、大きな掌《てのひら》でニコレットの頭を優しく撫でた。

それからゆっくりと立ち上がり、優雅な仕草で右腕を曲げて脇を開ける。

「リュシエンヌ、行こう」

「はい」

立ち上がってジャン＝クロードの右腕に自分の左手を添える。

「いってらっしゃい」

ニコレットがにこにこして手を軽く振る。

「行ってくるよ」

一歩前に進んだジャン＝クロードは、肩越しにニコレットを振り返り、柔和に微笑んだ。

なんて自然な笑顔だろう——リュシエンヌは胸がじんと熱くなる。

舞踏会場の大広間に、ジャン＝クロードとリュシエンヌが腕を組んで入っていくと、誰もかれもが注目してきた。

「ドラクロア侯爵が、女性同伴で舞踏会に現れた？」

「あの独身主義と噂《うわさ》されたドラクロア侯爵が？」

「まあ、なんて初々しくてお美しい娘さんなんでしょう」

「あんな優美で気品ある淑女は、見たことがないですわ」

男も女も感嘆したようにため息を漏らし、耳打ちし合う。

「どうだ？　お前の美しさに、誰もが魅了されてしまったようだ」

ジャン＝クロードが誇らしげに言う。

彼が喜んでくれるのがうれしくて、頬を染めて微笑み返す。

と、リュシエンヌは目の隅に見覚えのある女性の姿が入ったような気がした。顔を振り向ける。

ヴィクトーリアだ。

彼女は真っ赤なサテン地でドレープをたくさん寄せた豪奢なドレスを身にまとい、ひときわ華やかだ。美々しく化粧を施したその顔はしかし、暗く歪んで見えた。

（あ――ヴィクトーリア様？）

と、思った時には、彼女の姿は大勢の招待客の中に紛れてしまった。

その刹那、楽団が演奏を始めた。

「最初のワルツだ――踊ろうリュシエンヌ」

「はい」

ジャン＝クロードに腕を取られて、広間の中央に進み出る。

ダンスは舞踏会に出ると決まったその日から、家庭教師をつけてもらい、練習していた。ジャン＝クロードも忙しい合間を縫って、ダンスの練習の相手をしてくれた。

完璧に踊れるようになったとは言い難い。でも、もともとリードするジャン＝クロードがダンスの名手なので、リュシエンヌは彼の動きに合わせればそれなりに形になった。

ジャン＝クロードに腕を取られ、ゆっくりとフロアを移動する。

それが合図のように、他のカップルも次々に踊り始めた。

滑るように移動するジャン＝クロードのリードは、素晴らしく巧みだった。くるくると回されたり、強く引きつけられてぴたりと歩調を合わせたり――。

ダンスとはこんなにも楽しいものだったのか。

まっすぐに美麗なジャン＝クロードの顔を見上げたまま、音楽の調べに乗って踊る楽しさに、リュシエンヌは夢中になった。

「楽しいか？　リュシエンヌ」

穏やかな声でジャン＝クロードが尋ねる。

「はい――こんなに楽しいことは、生まれて初めてです！」

頬を染め目を輝かせて答える。ジャン＝クロードが眩しげに目を瞬かせた。

「そうか――これからもっと、お前に楽しいことを教えてやろう――お前だけではなく、ニコレットにも、もっと幸せを感じさせてやりたい」

「そんな――私たちは、今のままでも充分幸せです」

控えめに答えると、ふいにジャン＝クロードが表情を正した。

「リュシエンヌ――今度折り入って話がある。お前とニコレットのことだ」

「……はい」

なんの話だろう？

少しだけ身構えたのがジャン＝クロードにわかったのか、彼は顔をほころばせた。

「心配するな。悪い話ではないよ――今はダンスを楽しもう」

「わかりました」

その後、続けて三曲踊り、踊り慣れていないリュシエンヌは少し息が上がってしまう。

ジャン＝クロードはすぐにダンスを終わりにしてくれた。

「そろそろ休憩にしようか。ニコレットも待ちわびているだろう。次の間に軽食が用意されているから、私がなにか見繕って持っていこう。先に行っていなさい」

「お願いします」

ジャン＝クロードと別れて、控えの間に戻る。

ニコレットが待ちくたびれていないかと、急ぎ足になる。

控えの間に入って、窓際の席に近づいた時、リュシエンヌははっとした。

ニコレットの隣に真っ赤なドレスの女性が座って、しきりに話しかけている。

「ヴィクトーリア様……？」

ニコレットに何の用があるというのだろう。

お付きのメイドのマーサはどこに行ったのか、姿が見当たらない。にわかに不安で脈動が早まる。

「ニコレット」

声をかけて近づくと、ヴィクトーリアがぱっと顔を上げた。

その表情は、険しい。

美人なだけに怖いほど迫力がある。

「あら、ずいぶんとジャン＝クロード様とお楽しみだったようね」

「こんばんは、ヴィクトーリア様――あの、そこはわたしの席なんです。娘になにかご用ですか？」

ヴィクトーリアは席を動かないまま答えた。

「この子の父親は、誰だかわからないそうね？」

「――それは……！」

ニコレットが泣きそうな顔でうつむいた。

いつもニコレットには、父親は遠くに行ってしまってここにはいない、と言い聞かせてきた。でも、ママはパパをとても愛して、そしてお前が生まれたのよ——と。

「不潔だわ、あなた」

ヴィクトーリアが刺々《とげとげ》しい声で言う。

「社交界では、前からジャン＝クロードの愛人の話が噂の種になっていたのよ——父親のわからない子どもを連れているらしいって」

「わたし——」

答えることはできない。ニコレットの父親のことは、口が裂けても言えない。

ヴィクトーリアは控えの間全体に響くような、甲高い声を出した。

「男なら、誰でもいいのでしょう、あなたみたいな節操のない女性は。肉体の欲望だけでジャン＝クロードを繋《つな》ぎ止《と》めているのね、ああ、なんて穢《きたな》らしいの！」

控えの間にいた客たちが、眉をひそめてこちらを見て、ひそひそ話を始めた。

リュシエンヌはあまりの屈辱に、唇を噛んだ。

ヴィクトーリアがふいに声をひそめて、リュシエンヌだけに聞こえるように言う。

「あなた、自分がジャン＝クロードの評判を落としていることに気がつかないの？　どこの馬の骨ともしれない男の子どもを連れて富豪のドラクロア家に乗り込んで、ジャン＝クロードをたぶらかして。財産狙いだって社交界ではもっぱらの噂だわ。由緒あるドラクロア家の名誉は台無しになっているのに――心あるなら、すぐにドラクロア家を出て行きなさい」

おもむろにヴィクトーリアが立ち上がる。再び周囲に聞こえよがしに声を張り上げた。

「よくものうのうと公《おおやけ》の場にダンスなどしに来られたものね！　なんて恥知らずな女！」

リュシエンヌは顔から血の気が引くのがわかった。

「気の毒なジャン＝クロード。清廉潔白なあの人の評判が、あなたとあなたの子どものせいで台無しになってしまって――なにも知らず、いい気なものね！　ほんとうに最低の――」

「ママのこと、わるくいわないで！」

突然、ニコレットは椅子から飛び降りると、ヴィクトーリアの前に立ちはだかった。

と言っても、小柄なニコレットは、すらりと長身のヴィクトーリアに見下ろされてしまう形だが。

「あら、ちびちゃんのくせに、ママの味方をするの？」

ヴィクトーリアが鼻で笑う。

「あなたのせいで、ママもジャン＝クロードも不幸になってるのよ」

「ちがうもん！」

ニコレットの顔が真っ赤になった。

彼女はいきなり小さな両手を前に突っ張った。膝のあたりを押されたヴィクトーリアは、大げさに悲鳴を上げた。

「きゃあっ、なにをするのっ？」

ヴィクトーリアが芝居がかって床に倒れこんだ。

周囲の人々がざわめき立つ。

「あやまって、ママにあやまって！」

さらにニコレットが迫ってこようとして、ヴィクトーリアはきゃあっと悲鳴を上げる。

「やばんだわ！　信じられない！　乱暴されたわ！」

「ニコレット、やめなさい！」

リュシエンヌは慌ててニコレットの身体を抱きとめた。

「どうしたのだ？」

低い落ち着いた声が控えの間に響く。

戸口のところにサンドイッチの皿を持ったジャン＝クロードが立っていた。

ヴィクトーリアは味方が来たとばかりに、さっと立ち上がる。

「ジャン＝クロード、この子どもが、私に乱暴したのよ！　突き飛ばしたり引っかこうとしたりしたの！　末おそろしい！」

ジャン＝クロードは無言でその場に立っている。

それから彼は、ゆっくりこちらに近づいてくる。

リュシエンヌはしゃくりあげているニコレットを優しく抱きしめる。

「いい子ね、もういいのよ。泣かないで、ニコレット」

ジャン＝クロードがリュシエンヌの肩にそっと手を置いた。

「ニコレットに怪我《けが》はないか？　発作も大丈夫か？」

「はい……少し興奮しているだけです」

「そうか——では、もう帰ろう」

ジャン＝クロードはその場にいたボーイに皿を渡すと、両手でリュシエンヌとニコレットを抱えて、引き立たせた。

「ジャン＝クロード、こんな女をずっと囲っているおつもり？　社交界中のいいスキャンダルにされているのに！」

少しも自分に注目しないジャン＝クロードに焦れたのか、ヴィクトーリアがキンキン声を張り上げた。

ジャン＝クロードはリュシエンヌの手からニコレットを受け取り、抱き上げた。

大きな掌が、小さな背中をそっと撫でる。

「泣くんじゃないよ、もう」

「……うん、こうしゃくさま」

ニコレットが小声で答えた。

ジャン＝クロードはヴィクトーリアの方をやっと向く。その青い目は冷ややかだ。

「私に対するよからぬ噂は、知っている」

ヴィクトーリアが勝ち誇った表情になる。

「でしょう？　それなら、その女を――」

ジャン＝クロードは最後まで言わせなかった。

「根も葉もない噂を誰が流しているか、も、私は知っている」

射るような強い視線で、ジャン＝クロードはヴィクトーリアを睨《にら》んだ。

「っ――」

ヴィクトーリアが声に詰まって顔色を変える。

それからジャン＝クロードは、リュシエンヌの肩を抱いた。

「行こう」

リュシエンヌはこくんと頷く。

周囲の物見高い視線がちくちく全身に刺さる。

「ジャン＝クロード、あなたそんな身持ちの軽い女に入れ込んで。絶対に後悔するわ！　不幸になるに決まっている！」

ヴィクトーリアの口惜しげな声が、背中に浴びせられる。

リュシエンヌは両手で耳を塞ぎたかった。

ヴィクトーリアの言動は悪意に満ちていたが、それでもリュシエンヌには気づかされるものがあった。

（わたしはずっと、愛人でもいい、ジャン＝クロード様のお傍にいられるならそれで幸せ、って思っていた……でも、それはわたしだけの都合だったんだわ）

「ご当主様、申し訳ありません！」

後ろからまろぶように、メイドのマーサが追いついてきた。

「ヴィクトーリア様に強く言われて、私は控えの間の外に出ているようにと――」

足を止めたジャン＝クロードが、冷ややかに言う。

「ヴィクトーリアに、幾ら包まれたのだ？」

「あ――」

図星だったようで、マーサがみるみる真っ青になる。

「も、申し訳ありませんっ――私」

「もういい、医師と看護師の馬車で後から戻れ。おって沙汰はする」

「はい……」

マーサは悄然とうなだれた。

「クロークからコートを取ってくる。先に馬車に乗っていなさい」

玄関アプローチまで来ると、ジャン＝クロードは馬車止まりに待っていた自家用馬車に合図をし、再び屋敷の中に戻っていった。

御者の手を借りて馬車に乗り込む。

中は暖かく静かで、やっとほっとした。

「ママ……ごめんなさい」

それまで無言だったニコレットが、消え入りそうな声で言う。

「あのおねえさんにおいしいおかしをもらって……あたし、うれしくて、つい……パパのことか、いろいろおしゃべりしちゃって……」

「いいのよ。もういいの。だって、あなたはママの言っていたことを、そのまま話しただけですもの。なにも悪くないわ」

優しく頬に口づけする。

「ママ……」

ニコレットがすすり泣く。そして絞り出すような声を出す。

「どうして、あたしにはパパがいないのかなぁ……」

「ニコレット――っ」

胸がぎゅっと締め付けられた。

今まで父親がいないことに対して、ニコレットが愚痴めいたものを漏らしたことは一度もなかった。けれど、ほんとうは心の中では寂しい思いをしていたのだ。

「ごめんんね、ごめんなさいね」

ニコレットを抱きしめて、柔らかなブロンドを撫でさする。

そこへ、扉が開いてジャン＝クロードが馬車へ乗り込んできた。

彼は向かいの座席に腰を下ろすと、抱き合っている二人を無言で見守っている。

馬車が走り出すと、ジャン＝クロードが低くなめらかな声でニコレットに呼びかけた。

「ニコレット、私の膝の上に座るかね？　いいものをあげよう」

リュシエンヌの胸に埋めていた顔を上げ、ニコレットが尋ねる。

「なあに？」

「こちらに来て、目を閉じてごらん」

「うん」

ニコレットはジャン＝クロードの膝の上にちょこなんと座り込んだ。そして瞼を伏せる。

「これでいい？」

「口を開けてごらん、なにかわかるかな？」

ニコレットがああんと小さな口を開けると、ジャン＝クロードはそこになにか茶色い欠片《かけら》を放り込む。

もぐもぐしたニコレットが、ぱあっと表情を明るくした。

「あっ、チョコレートだ」

「そのとおり」

ニコレットが目を開くと、ジャン＝クロードは上着の内ポケットから、綺麗な模様を描いた丸い缶を取り出した。

「せっかくの舞踏会だったが、なにも食べずじまいで、お腹が減ったろう。食べなさい」

「わあ、ありがとう！」

缶を受け取ったニコレットは、蓋を開けると夢中になって中のチョコレートをぱくつき出す。

ニコレットの機嫌が直ったことに、リュシエンヌはほっとした。

「ありがとうございます――それと、今夜はいろいろと申し訳ありませんでした」

「お前のせいではない。気にするな」

ジャン＝クロードはハンカチを出すと、チョコレートだらけのニコレットの口の周りを拭いてやる。

「でも――」

「言いたいものには言わせておけばいいのだ。なにも恥じたり臆したりすることはない」

ジャン＝クロードがきっぱり言う。その言葉に救われる思いだった。が、リュシエンヌは自分のせいで、どれほどジャン＝クロードが風評被害に遭っただろうか、と思うと気持ちが沈んでしまう。

このままではいけない、と強く思った。

（これまで、ジャン＝クロード様はわたしたち母娘にとてもよくしてくださった。私の心の中に、ニコレットはジャン＝クロード様のお子だから当然という甘えがあったんだわ――だって彼はその事実をご存じないのに――なのに、こんなにもニコレットを可愛がってくださる）

リュシエンヌは向かいに座っている二人をじっと見た。

お腹が満たされたせいか、ニコレットはいつの間にかジャン＝クロードの膝枕で寝息を立てていた。ジャン＝クロードはその寝顔を、慈愛に満ちた表情で見つめている。

胸に迫る光景だった。

（もうニコレットは大丈夫だわ。ジャン＝クロード様はきっとニコレットを大事にしてくださるだろう）


帰宅すると、ジャン＝クロードはまだ残した用事があると言って、一旦書斎に引き上げた。

リュシエンヌはニコレットを子ども部屋のベッドに寝かしつけると、居間に戻り急ぎ手紙をしたため始める。

（早く早く――ジャン＝クロード様がこちらにおいでになる前に――）

書き終えた手紙をテーブルの上に置くと、ニコレットの眠っている子ども部屋のほうを振り返る。

（愛しいリュシエンヌ、どうかジャン＝クロード様の元で手術を受けて、元気になってちょうだいね）

リュシエンヌは身の回りのものを入れた小さな鞄を一つ提げ、離れを出た。

裏庭を抜け、屋敷の裏門から人知れず抜け出そうと考えていた。

月明かりだけを頼りに小走りで裏庭を抜けると、黒々とした裏門の鉄柵が見えてきた。裏門は日が暮れると施錠されるが、勝手口の扉は深夜までは開いている。番人は定時に見回りにくるが、今はその狭間の時間のはずだ。

茂みを抜けて裏門に出ると、門の傍に誰か立っている。

ぎくりとして足を止めた。

すらりと長身の人影――。

「ジャン＝クロード様……？」

ジャン＝クロードその人が、腕組みをして仁王立ちしている。

その白皙の顔には押し殺した怒りが感じられた。

「どこに行くつもりだ？」

低く地を這うような声だ。

「ジャン＝クロード様……」

「馬車の中でのお前の様子がおかしかったからな。気を付けていて、早めに離れにいくことにしたんだ。すると、お前がこっそり出て行こうとしていた」

ジャン＝クロードは腕を解き、内ポケットからリュシエンヌの置き手紙を取り出した。

「これはなんだね？　『どうかニコレットのことを末永く宜《よろ》しくお願いします。わたしのことは、探さないでください』　お前のことだ、裏門から忍び出ると思って、急ぎ近道をして待ち受けていた。屋敷のものたちには騒がれたくなかったからな」

　リュシエンヌは罪悪感に胸が痛んだ。

「どういうつもりだ？　なぜ私から逃げようとする。二度目だぞ」

　口調は平坦《へいたん》だが、青い目が冷ややかに眇められている。

「わたし……これ以上ジャン＝クロード様に迷惑をおかけできません」

「迷惑だと？」

　ジャン＝クロードが鼻で笑う。

「私がいつ、お前たちを迷惑だと言った？」

「でも……」

　思わず目を伏せてしまう。

「ジャン＝クロード様にあらぬ噂が立って——お家の名誉に傷がつきます」

「私は気にしないと言ったろう」

「わたしが、心痛むんです」

　ジャン＝クロードは腕を解き、ゆっくりと歩み寄ってくる。

「お前はいつだって、自分の気持ちばかりだね」

リュシエンヌははっと顔を上げる。

すでにジャン＝クロードは目の前に迫っていた。

「私が嫌になったから逃げ出した。自分の生活が苦しいから私に無心にきた。そして、自分が心苦しいから、再び私から逃げ出そうとする」

リュシエンヌは震える声を振り絞る。

「違います……そんなこと……」

すべてはジャン＝クロードのためなのだ――それだけしか考えていない。

「言ったろう。私は二度とお前を逃がさない。離さないと――」

ジャン＝クロードの手が手首を強く掴《つか》み上《あ》げた。

「っ……」

手首に痛みが走り、リュシエンヌは顔を引き攣らせる。

ジャン＝クロードの端整な顔が、すぐそこに迫っていた。

「お前がいなくなれば、私がニコレットを放り出すとは思わなかったか？」

リュシエンヌはぶんぶんと首を横に振った。

「いいえ、いいえ――あなたはそんな人じゃない。わたしにはわかっています」

「私のなにがわかると――」

ふいに噛み付くような口づけをされる。

「んっ」

いきなり口唇を割られ、喉奥まで分厚い舌が押し込まれ、息が止まりそうになる。

「やっ……」

首を振って逃れようとすると、両手首を掴まれたまま、裏門の石塀に身体を押し付けられた。

それ以上逃げようもなく、再び深い口づけを仕掛けられてしまう。

「……ぅ、く、ぅっ」

舌の付け根を強く吸い上げられ、陶酔感にめまいがした。ぬるぬると口内を存分に蹂躙され、あっという間に下肢から力が抜けてしまう。

「は、ふ……あ、や……ぅう」

唇を存分に貪られ、溢れる唾液を啜《すす》られて、甘い痺れが全身を駆け巡り、胸がドキドキ早鐘を打つ。

ジャン＝クロードが体重をかけて身体を強く押し付け、スカート越しに両足の間に自分の足を挟み込んでぐっと押しつけてきた。

「んんっ」

下腹部を刺激され、口腔を熱い舌で舐めまわされ、はからずもびくんと腰が浮いてしまう。

ジャン＝クロードのは片手でリュシエンヌの両手首を頭の上で纏《まと》め上《あ》げ、もう片方の手でいささか乱暴に乳房を揉みしだいてきた。

「うぅ、やめ……て」

胸元から手が忍び込み、乳房に直接触れてくる。直に触れられた乳嘴が、くっと尖ってしこり始めてしまう。

「言葉より、身体の方が正直なようだな」

わずかに唇を離したジャン＝クロードは、熱っぽい声で囁く。

「や……ちが……んんぅ」

即座に唇を塞がれ、尖った乳首をきゅっと摘まみ上げられると、つーんと甘い痺れが下腹部の奥を襲い、腰が浮いた。

「ふ、ぁ、あ……ん」

じんじんする乳首を、今度は指の腹で掠めるように擦られ、膣奥がぞわっと震え全身が総毛立った。

「……う、く、ふぁ、あ、ん、んんっ」

感じやすい乳首を、巧みな指先が左右交互にいじり回す。

痺れる疼きが秘裂に集まり、居てもたってもいられない気持ちがどんどん膨れ上がる。腰が淫らにもじついた。

どうしていいかわからず、熱く燃え上がる膣壁に力を込めると、きゅーんと強い快感が身体の中央を走り抜けた。

「ふ、あ、あぁ……あ、んんんっ」

びくんびくんと腰が痙攣し、頭が真っ白に染まる。

全身が硬直し、背中が弓なりに仰け反った。

信じられない——乳首の刺激だけで極めてしまったのだ。

「……っ」

ジャン＝クロードが唾液の糸を引いて、そっと唇を解放した。そのまま濡れた舌が耳元を這い回り、熱い吐息とともにバリトンの艶めいた声を吹き込む。

「乳首だけで達ってしまった？」

かあっと全身が恥辱と興奮で熱くなった。

「や……ちがう……そんな」

恥ずかしさで声が震えた。

「どうかな？」

耳の後ろから首筋を舐め回しながら、ジャン＝クロードの右手がスカートを大きく捲り上げた。

夜気がすうっと素肌を包み、ぞわっと鳥肌が立つ。

露わにされた太腿を撫で上げた右手が、下履きの上から秘部を探る。

「んっ……」

「もうびしょびしょじゃないか」

ジャン＝クロードがおかしそうに言いながら、ぐっと下履き越しに陰唇を押してくると、その刺激にじわりと新たな蜜が滲み出す。

「いや、やめて……こんなところで……」

リュシエンヌは火照った顔をいやいやと振る。

「ここじゃなければ、いいのか？」

からかうように囁かれ、耳朶まで真っ赤に血が上った。

「ここをこうされるのが、お前は好きだろう」

薄い布越しに、ぷっくり膨れてきた秘玉を撫で回されると、腰が抜けるかと思うほど感じ入ってしまう。

「あ、あ、やめ……て」

「いやじゃないだろう。こんなに大きく膨らませて――」

鋭敏な突起は、リュシエンヌの意思に反して、さらに刺激を求めるように硬く凝ってくる。

「下履きがどろどろだ。気持ち悪いだろう？」

長い指がするりと器用に下履きを押し下げる。

「あっ、やっ……」

そこに溜まっていた愛蜜がとろりと溢れて、太腿まで濡らすのがわかり、自分のはしたなさに泣きたくなる。

「可愛いね、素直な身体だ。私が欲しくて、こんなに蜜を垂れ流して」

「や……ちがう……」

「その嘘つきの口から、本音を引き出してやろう」

ふいにジャン＝クロードが、足元に跪いた。

彼の力強い両手が、足を左右に大きく開かせてしまう。

「あっ、だめ……っ」

ジャン＝クロードの頭を股間から押しのけようと、両手を彼の髪に差し入れたその直後、熱い吐息がふうっとひりつく秘玉に吹きかけられた。

「は、あっ」

びくりと腰が跳ねた。

「お前の花びらが、月明かりにもぬらぬらといやらしく濡れ光っているのがわかるよ。物欲しげにここがひくひくして、甘い匂いもさせて——誘っているね」

いやらしい言葉を投げかけられただけで、下腹部の奥がきゅんと締まってとろとろと粘つく淫蜜が、後から後から溢れてしまうのがわかる。

「甘露がもったいないね——舐めてあげよう」

熱っぽい声とともに、ほころんだ花弁に口づけされ、そのままちゅうっと音を立てて吸い上げられた。

「ひ、あああっ」

花芽を口唇に吸い込まれ、舌先がぬめぬめとそこを転がしてくる。あまりの快感に、全身の毛穴が開いたかと思った。

「やめ、やめて、もう……っ」

感極まって、ジャン＝クロードの髪をくしゃくしゃに掻き回して喘ぐ。

「ここを舐められるのが、大好きなくせに——わかっている。お前の身体の隅々まで、私のものだ」

顔を上げたジャン＝クロードは、濡れた指先で絶え間なく熟れた秘玉を転がし続ける。そこを責め立てながら、濡れそぼった媚肉に長い指を突き入れてぐちゅぬちゅと抜き差ししてきた。

「あ、あ、ああ、だめ、あぁ……」

内腿がぶるぶると震える。

これ以上やめて欲しいのに、内壁はさらなる刺激を求めるように、きゅうきゅうと男の指を食んでしまう。

「もう、欲しいだろう？」

ジャン＝クロードがぬるりと指を引き抜き、勝ち誇った声を出す。

「あ……ん」

指を抜かれた喪失感に、思わず不満げな鼻声が漏れ、腰が焦れるように揺れてしまう。

媚肉が彼を欲しがってうごめくが、そんなはしたない自分を認めたくない。

「素直になれ——ただ私だけを求めれば、お前の欲しいものを与えてやるのに」

「いいえ……いいえ」

欲望を秘めた端整な顔に見据えられると、蛇に睨まれた蛙《かえる》のように動けなくなりそうで、顔を伏せて弱々しく首を打ち振る。

「思いのほか、頑固だな。だが、一見頼りなげなお前の、その芯の強さが魅力だ。気高いお前を、私のおもうままに征服することを考えるだけで、ぞくぞくする」

熱っぽい青い目が嬉しげに細められる。

ジャン＝クロードはリュシエンヌの腰を軽々と抱き起こし、くるりと後ろを向かせた。

「あ」

冷たい石塀に身体を押し付けられ逃れようと身じろぎしたが、恐ろしい力で背中から押さえ込まれてしまった。

背後で衣擦《きぬず》れの音がして、ジャン＝クロードがズボンを緩めた気配がする。

「やめ……」

受け入れてしまったら、もう何も考えられなくなる。せいいっぱいもがいたが、びくとも動けなかった。

ジャン＝クロードの足が乱暴に太腿の間に差し込まれ、両足を大きく開かせる。長い指が陰唇を押し開き、そこにみっしりと熱く硬いものが押し当てられた。

「や、だめっ……」

ずぶりと一気に貫かれた。

「あ――……っ」

目の前に閃光が瞬くほどの衝撃に、リュシエンヌは仰け反って悲鳴を上げる。

飢えていた媚肉が、歓喜してジャン＝クロードの肉茎に絡みつき、ぎゅうぎゅう締め上げてしまう。

硬い先端が子宮口まで届き、信じられない快感が走る。

「やあ、だめぇ、深い……っ」

「奥がいいのだろう？　最奥の少し手前あたりをこうすると――」

ジャン＝クロードはリュシエンヌの細腰を抱え直し、がつがつと激しく腰を穿ってきた。

「んっ、んんぅ、あ、や、だめ、そこ……っ」

「たまらないだろう？　止まらないだろう？　それでいい」

ジャン＝クロードは激しい抽挿を繰り返したかと思うと、深く繋がったまま内壁を小刻みに揺さぶってきて、その多彩な動きにリュシエンヌは翻弄されてしまう。

「あ、あ、だめ、っあ、やぁ、だめぇ」

下肢全体がとろとろに蕩けてしまうかと思うほど、快楽は深く底なしだった。

「っあ、あ、も、あ、達く――っ」

あっという間に昇りつめてしまい、四肢がぴーんと伸びて下腹部から全体に濃密な快感が広がっていく。

びくびくと膣奥が痙攣する。

だがジャン＝クロードは容赦しない。

奥深く挿入したまま、ぐちゅぬちゅと卑猥な音を立てて掻き回してくる。

「やめ……あ、また、またぁ――……っ」

どうしようもないほど感じ入ってしまい、再び絶頂を極めてしまう。

「……だめ、もう、やめて……あ、っあ、ぁ」

「やめない――お前のここはもっと欲しいと言っている」

ジャン＝クロードは力の抜けてしまったリュシエンヌの身体を背後から抱きすくめ、自分の胸で支えるようにして、再び抜き差しを開始する。

「ひあ、あ、やあ、またぁ……や、あ、達くっ……」

角度を変えて真下から突き上げられるようにされると、胸元までジャン＝クロードのもので満たされたように息苦しく、また別の感じやすい部分が刺激されてたまらなく悦い。

「……ぁ、あ、どうしよう……あぁ、終わらない、終わらないのぉ……」

「いくらでも達くがいい――なにもかも、私で満たして、私のことだけしか考えられなくしてやる」

ずんずんとがむしゃらに腰を繰り出しながら、ジャン＝クロードの片手がリュシエンヌの下腹部をまさぐってきた。

「あっ、いやっ、そこ、しないで……っ」

繊細な指先が核心部分に触れようとしてきて、リュシエンヌはびくんと腰を浮かせる。

「なぜ？」

背後から耳朶を甘噛みしながら、ジャン＝クロードが欲望で掠れた声で囁く。

「だめ、だめなの……っ」

涙目でいやいやと首を振る。

「おかしくなるから？」

そう言うや否や、愛蜜に濡れた男の指先が鋭敏な花芽を細やかに揺さぶってきた。

「ひあ、あ、や、あ、だめ、っあ……ぅ、やめてぇ、だめ、だめなのっ……」

恐ろしいほどの愉悦が身体中を駆け巡り、頭が快感で沸騰しそうだ。

「ものすごく締まってきた――悦いのだろう？」

ジャン＝クロードは追い立てるように、手と腰の動きを早めてくる。

「だめ――っ、あ、あ、やぁ、また、あ、もう、もうっ……っ」

リュシエンヌは目をぎゅっと瞑り、襲ってくる熱い喜悦の波に耐えようとした。

だが、怒涛《どとう》のように襲ってくる絶頂の大波に逆らうことはできなかった。

ジャン＝クロードが最後の仕上げとばかりに、腰を押しまわして内壁を抉ってくると、視界が真っ白になり、もうだめだった。

「あ――……っ、だめ、だめ、いやぁ、あ、あぁぁあっ」

白い喉を仰け反らし、総身をびくびくと震わせて最後の絶頂を極めてしまう。

あまりに凄まじい法悦に、意識が飛んでしまう。

直後、ジャン＝クロードがぶるっと胴震いして熱い欲望の飛沫《しぶき》をリュシエンヌの最奥に注ぎ込んできた。

「あ、あぁ、熱い……あぁ、奥が……ぁ」

内壁がきゅうきゅうと収斂を繰り返し、ジャン＝クロードの太い肉棒を強く締め上げ、白濁の最後の一滴まで搾り取ろうとする。

「っ――リュシエンヌ、素晴らしい――蕩けてしまう」

ジャン＝クロードが息を乱し、幾度か強く腰を打ち付けてきた。

「っひ、ひ、あ、ああ、あ」

その度に、瞼の裏に火花が散った。

「……は、はぁ……ぁ、はぁ……あ」

全てを出し尽くした後も、しばらく二人は繋がったままだった。

「――ている」

恍惚《こうこつ》とした意識の中で、ジャン＝クロードがなにか囁いたような気がする。

だが、深い幸福感と満足感の中で、意識は次第に薄れていき、なにもかもわからなくなってしまった。


気がつくと、ジャン＝クロードの書斎のソファに横たわっていた。

なにか温かく少し硬いものに頭が乗せられていた。

ふうっと顔を上げる。

見下ろしているジャン＝クロードと目が合った。柔和で穏やかな青い目。

「気がついたか？」

リュシエンヌはジャン＝クロードの膝枕で眠っていたのだ。

「あ――すみません。いつの間にわたし――」

ゆっくりと身を起こす。

「いや――私も酷《ひど》くしてしまった。思わず激情にかられて――」

そっと肩を抱き寄せられ、たくましい胸に身体を預ける格好になる。

「いえ――わたしもいけないんです。自分の気持ちばかり先走っていたみたいで……」

どくんどくんと、ジャン＝クロードの力強い鼓動の音が耳に響き、とても安らかな気持ちになる。

「ダンスの時、話があると言ったろう？」

「はい」

「それは――」

長い沈黙ののち、ジャン＝クロードがおもむろに言った。

「ニコレットは――私の娘だね」

はっと顔を振り向けると、まっすぐにこちらを見つめてるジャン＝クロードと視線が絡む。

彼の青い瞳は、少し悲しげだが慈愛に満ちている。

「そうだね？」

リュシエンヌは答えることができずにいた。

家庭も子どもも拒絶するジャン＝クロードに、自分の子どもがいたなどとわかったら、彼は怒り戸惑うだろうと思った。

「リュシエンヌ、これをごらん」

ジャン＝クロードはくるりと背中を向けると、自分の少し長めの後ろ髪を両手でたくし上げた。うなじのあたりにぽつんと小さな赤い痣のようなものがある。

目を凝らして確認して、思わず狼狽《ろうばい》した声を上げてしまう。

「そ、その痣……！　ニコレットの胸にもそっくりなものが……！」

両手を下ろしたジャン＝クロードが、再びこちらを向いた。彼の表情は穏やかだった。

「そうだ。これは、代々ドラクロア家の長子に受け継がれる特別な痣なのだ」

「っ――」

リュシエンヌは目を見張り、声を飲んだ。

「ニコレットは、私の娘なのだな？」

少し強い口調で問われ、ついにリュシエンヌは深く頷いた。

「はい――はい。そうです――ニコレットは間違いなくジャン＝クロード様の娘です……っ」

嗚咽が込み上げてきて、言葉の最後の方は涙声になった。

「やはり、そうか」

「ごめんなさい……あなたに黙って産んでしまいました……でも、でもどうしても産みたくて、あなたには決して迷惑をおかけしないつもりだったのに……！」

今まで抑えてきた気持ちが溢れてきて、両手で顔を覆って泣いた。

「リュシエンヌ――私を見て」

すうっとジャン＝クロードが長い足を折って、目の前に跪いた。彼はリュシエンヌの両手首を優しく掴み、そっと顔から引き離す。

「ぁ……」

涙で潤んだ視界に、微笑んでいるジャン＝クロードの顔が映る。

「――ありがとう、リュシエンヌ。よくぞニコレットを産んでくれた」

「――」

一瞬、ジャン＝クロードの言葉がうまく頭の中に入ってこない。

「ありがとう、ニコレットをあんなにいい子に育ててくれて」

「ジ、ジャン……クロード様……」

再び涙が溢れてくる。

今度は嬉《うれ》し涙《なみだ》だった。

「わ、わたし……わたし……」

壊れ物を抱くように、ジャン＝クロードの両手が肩を包み込んでくる。

「長いこと一人でお前を苦しめた――許してくれ」

耳元で低くなめらかな声が囁く。

「愚かな私を許してくれ――子どもなどいらないと言い捨てて、お前を深く傷つけた。だから
あの夏、私の元を黙って去っていったのだね？」

「はい……もうお腹にニコレットがいました――でも……ジャン＝クロード様にお別れをする
のは、身を切られるように辛かったです」

ジャン＝クロードが両手でリュシエンヌの顔を包み込む。長い指が、頬を伝う涙をそっと拭

ってくれた。

「日々、ニコレットと暮らすうちに、あの子を愛おしく思う気持ちが大きくなっていった――小さくていたいけな子どもを慈しみ守り育てることが、どんなに素晴らしいことか、私はやっと気付かされた」

「ジャン＝クロード様……っ」

感極まったリュシエンヌは、ぎゅっとジャン＝クロードの首に両手を回した。

「ああ、嬉しい、嬉しいです……！　やっと、やっとほんとうのことを言えた……！　ジャン＝クロード様のごめいわくにならないようにと、ずっと心の奥に隠していたんです」

ジャン＝クロードもきつく抱きしめてくれる。

「ずっとお前を苦しめた――許してくれ」

そして、耳元で艶っぽいコントラバスの声がはっきりと聞こえた。

「愛している――お前もニコレットも、この上なく愛している」

全身にきゅーんと痺れるような幸福感が広がっていく。

なによりも欲しかった言葉――そのひと言を待ち焦がれていた。

「ジャン＝クロード様、わたしも愛しています。ずっとずっと、あなただけを思ってあなただけを愛していたんです……！」

胸に秘めていた熱い思いが、どっと溢れ返った。

「ほんとうは、愛人でも恋人でも、なんでもいい……あなたの傍にいられるなら。あなたと一緒に生きていけるのなら。ニコレットとあなたと、一緒なら——わたしはなにもいりません……」

ジャン＝クロードが両手を下ろし、正面から向き直ってまっすぐ見つめてくる。

青い目には、熱い恋情と穏やかな愛情が混在しているように思えた。

「これからは、ずっと三人一緒だ——誓う。決してお前たちを不幸にさせない。私が守る。私がお前たちを幸せにする」

「ジャン＝クロード様……嬉しい……！」

ほろほろと熱い涙が溢れてくる。

ジャン＝クロードが頬を滑り落ちる涙を、そっと口づけで受けてくれた。

リュシエンヌの嬉し涙がおさまるまで、しばらく抱き合っていた。

やがて——。

「帰ってきてすぐに書斎に引きこもったのは、このためなんだ」

ジャン＝クロードがゆっくり立ち上がり、書斎の机の上に置いてあった一枚の書類を手にして戻ってきた。

「これを——お前に」

「わたしに？」

受け取って書面を読んだリュシエンヌは、はっとした。

それは結婚証明書だった。

すでにジャン＝クロードの分は書き込まれている。

「これ……？」

手が震えて、証明書を落としそうになる。

ジャン＝クロードが深く頷く。

「愛している――お前と、結婚したい」

「えっ、ええっ？　まさか――」

喜びよりも信じられなくて、声が出た。

ジャン＝クロードは静かな声で言う。

「驚いたか？　そうだろうね。私は一生結婚もしないし、家族ももたないと、あれほどきっぱり言っていたからね」

リュシエンヌは否定できず、目を瞬く。

「だが――お前に出会い、ニコレットに出会い。お前たち二人が、私の頑なな気持ちを溶かしてくれたのだ。お前とニコレットとともに歩む人生は、なんと豊かで喜びに満ちて楽しいのだろう。だから――」

ジャン＝クロードが軽く咳払いした。

「ほんとうの家族になろう」

リュシエンヌは再び涙が溢れてきて、結婚証明書を濡らしてしまいそうになる。

「はい……」

涙を飲み込み、こくりと頷いた。

ジャン＝クロードが満面の笑みになる。

「それでは、すぐにお前の分を書き込んでくれ」

「はい」

ジャン＝クロードに机に導かれ椅子に腰を下ろし、羽ペンで必要な事項を書き込んでいく。

「最後に――こちらの書類にもサインを」

もう一枚別の書類を出される。

「ニコレットの認知証書だ。これで、私は晴れてニコレットのパパになる」

「パパ――」

胸に迫るものがあった。

書類に全て記入が終わると、ジャン＝クロードは満足げにそれを受け取った。

「では――申し訳ないが、ニコレットを起こしておいで」

「え――なぜ？」

ジャン＝クロードが白い歯を見せた。

「善は急げというではないか――役場では結婚証明証は、二十四時間受けつけてくれているんだ。明日まで待ちきれないよ。一刻も早く夫婦に、家族になろう！」

ジャン＝クロードが少年のように頬を染めて目を輝かせているので、リュシエンヌは笑みを深くする。

「わかりました」

子ども部屋に行き、寝ぼけまなこのニコレットを着替えさせ、抱いて書斎に戻る。

ジャン＝クロードはすでにコートを着込み、リュシエンヌのショールを手にして待ち受けていた。

「馬車は用意させた。さあ、行こう」

「――こうしゃくさまぁ、どこにいくの？」

ニコレットが眠そうに言う。

「起こして悪かったね。でも、ママとニコレットの大切な用事なんだ。お前も一緒にきてほしい」

ジャン＝クロードがあやすように言うと、ニコレットは微笑んだ。

「うん、わかった」

三人は馬車に乗り込み、首都の中央に位置する役場に向かった。

夜中だったが、受付にはちゃんと明かりが灯り、職員が待機していた。

「こんな時間にすまないが――結婚届を出したい。それと、子どもの認知証明もだ」

ジャン＝クロードが受付の職員に書類を差し出す。

受け取った職員は丁寧に書類を確かめ、それから頷いた。

「確かに受け取りました。ご結婚おめでとうございます」

「えーっ、ママとこうしゃくさま、けっこんしたのー？」

ニコレットはいっぺんで目が覚めたらしく、大声を張り上げた。

職員がにこにこする。

「そうだよ、君のママはこの方と今、結婚なさったんだ」

リュシエンヌの腕の中で、ニコレットが興奮して身じろぎする。

「じゃ、じゃ、こうしゃくさまは――」

ニコレットがそろそろとジャン＝クロードに両手を差し伸べた。

「パパ、になったの？」

ジャン＝クロードも両手を差し出す。

「そうだ。たった今、私はお前のパパになったのだ」

うわあ、とニコレットが歓声を上げてジャン＝クロードに飛びついた。

「パパ、パパだ、パパ！」

ジャン＝クロードはしっかりとニコレットを受け止めた。

ニコレットに頬ずりし、ジャン＝クロードは感無量といった面持ちになる。

「ニコレット――私の娘」

「あたしね、あたしね、ずうっと、こうしゃくさまがパパだったらいいなぁ、って、そうおもってたの。いつも、ねるまえに、かみさまにおねがいしていたんだよ」

「――ニコレット」

ジャン＝クロードの声がぐっと詰まった。

「そうか――願いがかなったのだな」

ニコレットがちゅっとジャン＝クロードの頬に口づけした。

「うん、ゆめがかなっちゃった！」

それからニコレットは、素っ頓狂な声を出す。

「ああでもどうしよう――もうゆめがかなっちゃったら、まいばんかみさまになにをおねがいしたらいいか、わかんなーい」

そう言って、両手で頭をかかえる。

あどけないニコレットの仕草に、ジャン＝クロードもリュシエンヌも、役所の職員までが声を上げて笑った。

# 第五章　幸福と憎悪

翌日、ジャン＝クロードは屋敷中の使用人を広間に集めた。

リュシエンヌとニコレットを傍らに置き、皆に正式にリュシエンヌと結婚したこと、ニコレットは自分の娘であることを告げた。

リュシエンヌは使用人達が思ったよりすんなり、そのことを受け入れたのが意外だった。

だが、執事長の祝いの言葉を聞いて納得した。

「おめでとうございます。ご当主様。やっと、ご決心なされたのですね。我々一堂、密かにこの日を待ちわびておりました。リュシエンヌ様とニコレット様がこの屋敷を訪れてから、ご当主様は見違えるほど明るくなられた。お優しくなり笑みを絶やさないようになられた。ご当主様の幸せこそが、我々の望みです。どうか、末長くお幸せに――」

ジャン＝クロードはわずかに目元を染める。

「そ、そんなに――私は変わったのか？　自分では気がつかなかったが」

使用人達が笑いをこらえるような表情になった。

「こうしゃくさまは――パパはいつでもやさしいもん！」

ニコレットが憤慨したように声を上げたので、とうとう皆はこらえきれずに吹き出す。

広間が明るい笑いに満ち、ジャン＝クロードも苦笑いを浮かべる。

そんな様子を、リュシエンヌは夢のようだと思った。


その日から、リュシエンヌとニコレットは離れから屋敷に移り住むことになった。

リュシエンヌとニコレットには、それぞれ日当たりが良くて風通しもいい大きな南部屋が隣同士で与えられ、世話係のメイドの数も倍に増えた。リュシエンヌの部屋の奥は、夫婦の寝室に繋がっており、そこには年代物の大きな天蓋付きベッドがしつらえてあった。

三人の生活が始まった。

必ず朝食は三人で摂る。

出勤するジャン＝クロードを、リュシエンヌとニコレットは玄関ホールで見送る。

鞄を渡すのはリュシエンヌ、ステッキを渡すのはニコレットの役目だ。

行ってきますの口づけは欠かさない。

昼間は、リュシエンヌはドラクロア家の女主人として、学ばねばならないことが山ほどある。しがない落ちぶれ男爵家の娘が財産狙いでジャン＝クロードをたぶらかした、と噂されたくない。ドラクロア家にふさわしい女主人になるべく、決意も新たにした。

一方ニコレットの方は、幸い健康状態は安定していた。彼女は午前中は音楽と読み書きの家庭教師を付けてもらい勉強に励むが、残りの時間は自由時間だ。

人懐こいニコレットは、使用人達とたちまち仲良くなり、執事に図書室で絵本を選んでもらったり、厨房で料理人たちとお菓子を作ったり、庭師と花の種を植えたり、メイドたちとおままごとに興じたりと、めいっぱい楽しく過ごしている。

夕方、ジャン＝クロードが帰宅するのを出迎え、三人で晩餐を済ませた後は、夫婦の居間かジャン＝クロードの書斎で、まったり時間を過ごした。

ジャン＝クロードはニコレットを膝に乗せ、絵本を読んでやったり、一緒にカードゲームに興じたり、時にはクマのぬいぐるみと一緒にごっこ遊びに参加することもある。

リュシエンヌは仲良く遊ぶ父娘の姿を見ながら、ソファに座って編み物をしたり明日の献立を考えたりする。

馬の役目になり、背中にニコレットを乗せて絨毯《じゅうたん》の上を四《よ》つん這《ば》いで歩き回るジャン＝クロードの微笑ましい姿に、リュシエンヌはしみじみ幸せを噛み締めるのだった。

そして——ジャン＝クロードは空白の四年間を埋めるように、リュシエンヌを毎晩情熱的に抱いた。

彼から与えられる快感は、日毎に深く強くなっていく。

思いを通わせ、愛する人を受け入れるという行為は、こんなにも素晴らしいものかと、リュシエンヌは心底思う。


入籍してひと月後――空気に初夏の気配が混じり、街路樹の緑が色濃くなってきた。

ある晩、ジャン＝クロードの膝の上で絵本を読んでもらっていたニコレットが、ふいに顔を上げて彼を見上げた。

「パパぁ、あたしね、こんどいきたいところがあるんだー」

「ほお、どこだね？　言ってごらん」

「うーんとね、ゆうえんち、ってとこ」

「遊園地？」

「うん。ろうかでめいどさんたちがおしゃべりしていたの。いろんなのりものがあって、ゲームとかどうぶつのげいとうとか、あまいふわふわのおかしとか――」

「ふわふわのお菓子？」

首を傾けたジャン＝クロードに、傍からリュシエンヌが口添えする。

「綿あめ、のことですわ」

「綿あめ？」

「わたしも幼い頃、別荘の近くに移動式の遊園地が来ていて、アダンに何度か連れて行ってもらったことがあります。それはそれは、賑《にぎ》やかで楽しかった思い出があります」

ジャン＝クロードは苦々しく笑う。

「そうか――私はその遊園地なるものに、行ったことがないのでね」

リュシエンヌははっと息を飲む。

彼は多くを語らないが、ジャン＝クロードの子ども時代は、あまり幸せなものではなかったらしいとうすうす察してる。

ただ、詮索する気はない。話したくないというのは、それだけ心の傷が深いのだろうと思う。

こちらからあえて触れてはいけない、と自重する。

「それでは、ニコレットともども、遊園地の初体験をなさるといいわ。大人でもとても楽しめると思うの。もちろん、わたしも行きたいです」

そう切り出すと、ジャン＝クロードの表情が緩んだ。

「なるほど。では私もその遊園地なるものに、行くとしようか――今週末だな」

「うわぁい、やったー」

ニコレットが両手を振り上げて喜ぶ。

「ああ、すっごくたのしみー」

素直な喜びように、ジャン＝クロードとリュシエンヌは、顔を見合わせて微笑み合う。

その後、興奮気味のニコレットをようよう寝かしつけ、リュシエンヌは寝間着に着替えて夫婦の寝室に赴く。

ジャン＝クロードはすでに入浴を済ませ、ガウンを羽織った姿でベッドの端に腰を下ろして読書をしていた。彼は読みさしの本から顔を上げて、柔和な声で言う。

「ニコレットは寝たかい？」

「はい――ずいぶんはしゃいでいましたが、やっと――」

「そうか――こちらにお座り」

「はい」

なにか話があるのだろうかと、そっとジャン＝クロードの傍に腰を下ろした。

骨ばった男らしい手が、さりげなく手を握ってくる。

「お前に話したいことがある」

「はい」

ジャン＝クロードはかすかに俯いて、自分の膝の辺りを見つめている。

彼は一呼吸置いて、静かに話し出す。

「お前と初めて出会った時、私の両親の肖像画について話をしたね」

「ええ――外してくれと言われたのを、わたしが押しとどめて――あの時は、出すぎたことをしました」

「いや――あの時初めて、わたしの両親にも幸せな時間があったのだろうか、と思ったんだ」

リュシエンヌはちらりとジャン＝クロードの横顔を伺う。

端整な顔は、明るさを絞ったオイルランプの光に照らされ、柔らかい輪郭を浮かび上がらせている。

「父は母の血筋と財産目当てで、ほとんど凌辱《りょうじょく》するように母を奪い、私が生まれた――母はそのことで、私をずっと憎んでいた」

「そんな――」

リュシエンヌは声を失う。

「私はずいぶんと寂しい幼年時代を送ってきたが、そんなことはもうどうでもいいのだ。結局、母は若い恋人と駆け落ちして、両親は離婚した。父はいつも、私の目の前で母のことを悪しざまに罵ったものだ」

「ひどいことを――子どもの前で」

リュシエンヌは思わずつぶやく。

「そうだな――私の両親は、よい親とは言えなかった。私はそれで、結婚や家庭に夢が持てなかったのだ――だが、それもどうでもいい――私は、懺悔《ざんげ》したいんだ」

「懺悔、ですか？」

ジャン＝クロードがさらに目を伏せる。

「離婚してから、一度だけ、私が十七歳の頃、母がこっそり私に会いに来たことがある」

「まあ……よほどジャン＝クロード様のことが気になられたんですわ」

ジャン＝クロードが首を振る。

「若い私には、そうは思えなかった。母は金の無心にきたんだ——駆け落ち相手に捨てられてね」

「！」

リュシエンヌは自分がジャン＝クロードのもとに、借財に来た時のことを思い出し、胸が抉られるような気がした。あの時、ジャン＝クロードは自分のことをどんなに酷い女だと思っただろう。

「私は母をひどく罵り、一文もやらずに屋敷から追い返した。私を捨てた母を許せなかったんだ——その後、母は養護院でひとり寂しく病死した。それすら、私は自業自得だと思ったよ」

すっとジャン＝クロードが顔を上げ、リュシエンヌを見据える。青い目にちらちらオイルランプの灯りが反射し、まるで涙をいっぱい溜めているようだ。

「だが、今はわかる。母は金にかこつけて、私の顔を見たかったんだ、と」

「ジャン＝クロード様……」

ジャン＝クロードにぎゅっと強く手を握られた。

「部屋を去り際に、最後に私を見た母の目は、とても優しかった——母は……」

ジャン＝クロードの声が詰まった。

リュシエンヌは思わずジャン＝クロードの頭を抱きしめた。

「お母様は、あなたを愛してらしたんだわ、きっとそうよ！」

ジャン＝クロードが華奢なリュシエンヌに縋り付くように腕を回してきた。

「——なのに、私はひどい言葉をかけて追い出した——母を孤独の中で死に追いやった。なにも母にしてやらなかった——」

ジャン＝クロードのこんな悲痛な声を聞いたことがなかった。

彼はいつだって、自信に満ちて男らしく堂々として——。

「それは違います。ジャン＝クロード様、お母様はなにもしてもらわなくても、最後の一瞬まで、あなたのことを愛していましたとも！」

「お前に——わかるのか？」

ジャン＝クロードが顔を起こす。

リュシエンヌは深く頷いた。

「わかりますとも——ニコレットを産んで、知りました。子どもは、生まれてきてくれただけで、もう充分なんです。それだけで、もう一生分の親孝行を返しているんです。だから、ジャン＝クロード様はもうご自分を責めなくてもいいんです」

「生まれてきただけで——」

リュシエンヌは愛を込めて微笑む。

「だって、お母様がジャン＝クロード様を産んで下さらなかったら、わたしはあなたと出会えなかった。あなたを愛することができなかった。こんなにこんなに幸せになることなんか、できなかった。なにより、ニコレットを授かることができなかった——だから、もう苦しまないで……」

言葉の最後は、感極まった涙に飲み込まれてしまう。

「リュシエンヌ——」

ジャン＝クロードが顎を引き、まっすぐにこちらを見つめてきた。

「ありがとう——お前に出会え、愛して、よかった——私は、生まれてきてよかったと、しみじみ思う」

「ジャン＝クロード様……」

彼が長いこと心の中で葛藤し苦しんできたことを打ち明けてもらえて、胸が震えるほど感動していた。

なんだかやっと、本当の夫婦になれたような気がする。

「愛している」

強く抱きすくめられ、たくましい胸に顔を埋めると、力強い鼓動にため息が漏れた。

「愛しています……」

二人はどちらからともなく顔を寄せ、唇を重ねた。

「ん……ふ……」

柔らかな唇の感触に、胸がトクトクときめく。

撫でるようにいたわり合うように、何度も唇を合わせた。

愛しい——熱い気持ちが腹の底から込み上げる。

美しく男らしく自信にあふれ少し強引で——でも、本当はとても繊細で優しいひと。

このひとを愛したい、と熱い気持ちが湧き上がる。

口づけから唇を少しずつずらし、ジャン＝クロードの形のいい耳朶に舌を這わせる。

「っ——」

彼がかすかな吐息を漏らし、ぴくりと首を竦めた。

その反応に、そのまま耳殻に沿って舐めまわし、ゆっくりとたくましい首筋を舐め下ろした。

「リュシエンヌ——」

ジャン＝クロードが息を乱す。

彼が感じている——もっと感じさせたい。

「ジャン＝クロード様……」

ちゅっと音を立てて彼の肌を吸う。

「は——」

大きな肩から形のいい鎖骨にかけて、口づけの雨を降らす。そうしながら見上げると、ジャン＝クロードは情欲に潤んだ青い瞳で見返してくる。

そんな目で見られると、背中がぞくぞくした。

「……ん、ん、ちゅ、ふ……ぅ」

ジャン＝クロードのガウンの前をはだけ、広い胸板の肌を吸い上げ、小さな乳首に舌を這わせてみる。

「だめ――だ、リュシエンヌ」

ジャン＝クロードがひくりと身を竦ませた。

「お願い――今夜はわたしにあなたを愛させて――そうしたいの」

ちゅっ、ちゅっとこぢんまりした乳首を交互に吸い上げると、小さな乳首がツンと尖ってくる。ここも感じているのだ。

「――リュシエンヌ」

ジャン＝クロードの乱れた息づかいと、徐々に赤く染まってくる肌に、なにもしていないのに、自分の下腹部の奥がつーんと甘く疼いてくる。

「ああ……ジャン＝クロード様……んん、ちゅ、ちゅ……」

割れた腹筋に沿って舌を移動し、やがて――。

すでに隆々と反り返った男根に行き着く。

汗と雄の匂いが鼻腔を満たし、淫らな気持ちが昂ぶってくる。

びくびくと脈動する熱い塊を、そっと両手で包み込む。

こうして目の前で見ると、驚くほど太くたくましい。こんな大きなものが、小さな自分の中に入ってきてそれを受け入れることができるなんて、不思議な気がする。

圧倒されて、両手で軽く握ってゆるゆると扱《しご》いていると、ジャン＝クロードの手が頭に降りてきて、そっと押し付けてくる。

「そこも、してくれるか？」

艶かしい声に、頭がくらくらする。

「はい……」

そろそろと先端に顔を寄せ、ちろりと舌の先で舐めてみる。

ぴくりと亀頭が震える。

先端の割れ目からは透明な先走りが溢れてきて、彼が欲情しているのがわかる。

「ん……」

思い切って唇を開き、先端をゆっくりと咥え込む。

「……ん、ん、ふ」

括《くび》れのあたりまで含んで、口を窄《すぼ》めて締めながら、先端の割れ目や括れを舌で撫で回す。

「――いいね。いい」

感じ入ったジャン＝クロードの声が頭の上から聞こえる。

少し塩味のあるジャン＝クロードの先走りに、不思議な高揚感が全身に広がっていく。

「そのまま、深く呑み込んでごらん」

頭を優しく撫でられ誘導される。

「……ん、ぐ、ふ、ふぅ……ん」

こんな長大なものを全部呑み込めるわけがない。だが、必死で喉奥まで受け入れた。

「――ああいいね、そのまま舌で舐めて」

頭上の押し殺した声に、リュシエンヌの媚肉がきゅんと焦れて締まる。

「は……ふ、ぁ、んんん」

太い血管の浮いた肉茎に舌を這わし、ゆっくり頭を持ち上げ、再び喉奥まで受け入れた。

「いい――もっと強く吸って、続けて――」

「んっ……ふぁ、ん、は、はぁ……ちゅっ……」

根元に両手を添えて支え、頭を上下に振って唇で扱く。

深く呑み込むと、傘の開いた先端が喉を突いてえずきそうになるが、ジャン＝クロードを気持ち良くしているのだと思うと、なんでもない。

「……ふぁ、ふ、ん、んちゅ、ちゅぱ……はぁ、あ」

鈴口がぴくぴく震え、新たな先走りが溢れ、唾液と混ざったそれが肉棒をぬるぬるにしていく。

頭を振り立てながら、潤んだ瞳でジャン＝クロードを見上げる。

とろりとした青い目がリュシエンヌをひたと見つめていて、その視線だけで痛いほど子宮の奥が疼いた。

「リュシエンヌ――」

くるおしげな声が名前を呼び、節くれだった長い指がリュシエンヌのブロンドをくしゃくしゃに掻き回した。頭皮を這い回る指の動きにすら、怖いくらい感じてしまう。

「んふ……くちゅ……ふ、はふ……ん……」

びくつく亀頭が口蓋のざらざらした部分を擦っていくと、まるで媚肉で受け入れているような淫らな気持ちになってくる。

「……く、ふぁ、ん、んちゅ、ちゅぱ……はぁ」

慣れない口腔愛撫に顎がだるくなってくるが、肉胴の裏筋から雁首にかけて、繰り返し舌を押しつけては舐め上げていく。

「あ――リュシエンヌ」

ジャン＝クロードがひどく高揚した声を出し、腰をぶるっと震わせた。

髪の毛に差し込まれていた手が、いきなりリュシエンヌの頭を引《ひ》き剥《は》がす。

「あ……ん」

ずるりと凶暴に濡れ光る肉棒が、口唇から引き摺り出された。

「終わってしまう――」

ジャン＝クロードが両脇に手を差し入れ、軽々とリュシエンヌの身体を持ち上げた。

そのまま彼の膝の上に跨《また》がるような格好にされた。

「最後は、お前の中で終わりたい」

ジャン＝クロードは性急な手つきで寝巻きの裾を捲り上げ、下履きを着けていない下腹部を剥き出しにする。

素早くリュシエンヌの秘裂をまさぐったジャン＝クロードが、薄く笑う。

「何も触れていないのに、もうとろとろだね」

くちゅりと長い指が花弁を暴くと、愛蜜がはしたないほど溢れて太腿までびしょびしょに濡らした。

「あ、ん……」

長い指先がぬるっと充血した陰核を撫で回すと、それだけで頭の芯がじいんと甘く痺れる。

そのままぐぐっと指が最奥まで突き立てられ、飢えた柔肉がきゅうきゅうと収縮する。

「やぁ、もう……もう……」

待ちきれず、リュシエンヌは自《おの》ずと両足を開いて腰を浮かせてしまう。

「欲しい？」

掠れた囁きに、全身の血が沸き立つ。

こくりと頷くと、潤み切った蜜口の浅瀬を、硬い亀頭がぬるぬると擦ってくる。

「あ、あ、や……ぁ、もう……来て」

早くジャン＝クロードと繋がりたくて涙目で彼を見つめると、ジャン＝クロードも同じように潤んだ瞳で見つめ返してくる。

「欲しいのだろう？　自分で挿れてごらん」

耳元に熱い吐息とともに低い声が吹き込まれ、羞恥と欲望で頭がくらくらした。

「や……恥ずかしい……そんなの」

「そうしないと、このまま終わってしまうよ」

「……いじわる」

拗《す》ねた目で睨むと、ジャン＝クロードは端整な顔をほころばせる。

「そういう眼差しが、余計にそそる。お前をもっといじめたくなるけれど、もっと愛でたくもなる——そら、腰を沈めてみろ」

「あ、ぁ」

膨れた先端でさらに花弁をくちゅくちゅと掻き回され、もはやリュシエンヌの飢えは抑えきれなかった。

「ん……んぅ」

陰唇の狭間に先端を押し当て、ゆっくりと腰を下ろしていく。

「は……あ、ぁ、あ」

ずぶずぶと太く熱い陰茎が押し入ってくる。疼く媚肉を満たされる悦びに、深いため息が漏れた。

「あ、はぁ、入ってくる……ぅ」

あまりの心地よさに、ジャン＝クロードの首に両手を回し、火照った頰を彼の高い鼻梁に擦り付けて甘える。

「ああいいね――ぬるぬるで蕩けて」

ジャン＝クロードも心地よさげに目を眇め、その色っぽい表情にさらに身体の芯がつーんと甘く痺れる。

「あ、深い……あぁ、あん」

根元まで深々と受け入れると、硬い先端が子宮口をノックするような錯覚に陥り、四肢から力が抜けてしまう。

「自分で気持ちいいように、動いてごらん」

ジャン＝クロードが腰を支えてそう促す。

「ん、ん、こ、こう……？」

ジャン＝クロードの肩に縋って、そろそろと腰を浮かし再びゆっくりと沈める。

「はあっ、あ」

体重をかけて腰を沈めると、最奥を深く抉られて痺れる喜悦が生まれ、ひくひくと媚肉がわなく。

始めは恐る恐る腰を動かしていたが、次第に自分の感じやすい箇所がわかってきた。そこに太竿が当たるように腰を押し回すと、あまりの気持ちよさに身体が大きく波打つ。

「ん、ん、あ、当たる……あぁ、当たるのぉ」

傘の開いた雁首が、猥りがましくうごめく濡れ襞を押し広げ巻き込むたびに、内壁が卑猥に蠕動《ぜんどう》する。

「――っ、上手だ、リュシエンヌ」

ジャン＝クロードが大きく息を吐く。

「あ、あぁ、気持ち、いいですか？　あなたも……？」

「とてもいいよ、とてもいい――」

ジャン＝クロードが耳元に顔を寄せて、ねっとりした声で囁く。

「お前の中、最高だ――」

「っあ……ぁ、あ、や、ぁん」

いやらしい言葉がさらに興奮を掻き立て、腰使いが大胆になってくる。

粘膜のぶつかるぐちゅんぐちゅんという水音があまりに卑猥で、耳を塞ぎたいのに叶《かな》わず、髪を振り乱していやいやと首を振る。

「ああもうたまらない――」

ふいにジャン＝クロードの両手がリュシエンヌのまろやかな臀部《でんぶ》に指を埋め、自ら腰を強く打ち付けてきた。

ずん、と脳芯まで響く衝撃に、一瞬で絶頂に飛んでしまう。

「ああああっ、あっ、あっ、ああ」

滾る肉棒が最奥まで突き上げ、目の前が真っ白に染まって身をくねらせて喘ぐ。

「お――また締まる」

ジャン＝クロードが心地よさげに声を上げ、腰の動きを加速させてくる。

「やっ、あ、だめ、そんなにしちゃ……あ、あぁっ」

ばちばちと快楽の火花が瞼の裏で弾け、リュシエンヌは大きく仰け反って嬌声を上げた。

「愛している、リュシエンヌ――もっと、もっとだ」

ジャン＝クロードはリュシエンヌの首筋にむしゃぶりつきながら、がつがつと腰を突き上げてくる。

「ひ、やぁ、あ、あ、そんなに激しく……あ、壊れて、こわれちゃう……っ」

断続的な絶頂が絶え間なく襲ってきて、リュシエンヌは爪先を引き攣らせて足掻《あが》いた。

辛くなるほど感じ過ぎてもう止めてほしいのに、膣壁はせつなく収縮を繰り返し、さらに奥へと男根を引き込もうとする。

「ああ、また締まる――感じているんだね、どうしようもないくらい――私もだ」

ジャン＝クロードは息を乱し、最後の仕上げとばかりにごりごりと硬い亀頭を子宮口に擦り付けてくる。

「……ひぁ、あ、また……達く、あ、達く、あ、だめぇっ」

がくがくと激しく揺さぶられて、愉悦で頭が朦朧としてしまい、自分からもジャン＝クロードの動きに合わせて貪欲に腰を振っていることに気がつかない。

「ふぁ、止まらない……あぁ、止まらないのぉ、ジャン＝クロード様……お願いっ」

もはや限界を超えた悦楽に耐え切れず、涙目でジャン＝クロードを見つめ、終わらせてほしいと懇願する。

「——く、出すぞ——リュシエンヌっ」

脈動する剛直が、身体の奥でどくんとひと周り膨れ上がり、次の瞬間熱い白濁の飛沫が、子宮口めがけて放出された。

「んぅ、んんっ、あ、あぁ、あ、ああぁっ」

びゅくびゅくと大量の欲望がうねる膣襞の奥に吹き上げられ、歓喜した濡れ襞がぬめぬめと肉棒に吸い付いて、最後の一滴まで絞り取ろうとする。

「ん——……っ」

腰がびくびくと痙攣し、一瞬意識が遠のく。

全身が硬直し、内壁だけが別の生き物のように収縮を繰り返す。

「は……ぁ、あ……ぁ、は……ぁ」

唇を半開きにして喘ぐと、ジャン＝クロードが汗ばんだ顔を寄せてくる。

「素晴らしかった――リュシエンヌ、口づけを――舌を出して」

「ん、ふぅ、ふあ、んんっ」

絶頂の余韻を噛み締めながら、互いの唇を夢中で貪る。

まだ濡れ襞は貪欲に蠕動を繰り返し、硬度を保ったままの肉棒をきゅうきゅうと締め付けてしまう。

「……はぁ、あ、好き……ジャン＝クロード様、愛してる……」

舌を貪り合いながら、途切れ途切れに愛を告げる。

「私もだ――可愛い私だけのリュシエンヌ」

この瞬間、二人は刹那に一体となり、同じ高みを極める。

全てがジャン＝クロードで満たされているこの時が、リュシエンヌは最高に幸せを感じる。

「愛しています」

「愛しているよ」

口づけの合間に繰り返し囁き合い、歓喜の波が引いていく至福の時を分け合うのだった。

その週末。

ジャン＝クロードとリュシエンヌとニコレットは、揃って遊園地に出かけた。

生まれて初めての遊園地に、ニコレットのテンションはいつも以上に高い。

「ああ、すっごくわくわくしちゃうね！　パパ、パパもわくわくしてるでしょ？」

「ああ、楽しみだ」

行きの馬車の中で、頬を紅潮させ目をキラキラ輝かせているニコレットを、ジャン＝クロードは愛おしそうに見つめている。

花飾りに囲まれた遊園地のゲートをくぐると、そこはもう別世界だ。

様々な遊具や乗り物、催し物。あちこちの屋台で売られている色とりどりの食べ物。楽団が楽しげな音楽を終始演奏し、広場では道化師が大道芸を演じ、犬のサーカスや猿回しなどの催し物があちこちで行われている。

「うわあ、どれにのろうかな。まよっちゃうよ」

ジャン＝クロードとリュシエンヌに手を握られたニコレットはあちこちきょろきょろと見回す。

「あっ、あれ、わたあめ？」

ニコレットが目ざとく綿あめの屋台を見つけて指差した。

「そうよ。食べてみる？」

「うんうん！　パパ、はやくはやく！」

ニコレットはジャン＝クロードの手をぐいぐい引っ張って、屋台に向かう。

そこでふわふわの大きな綿あめを買ってもらったニコレットは、小さな顔を綿あめに埋めるようにしてひと口含んだ。

「うっわー、あっまーい！」

歓声を上げて顔を上げたニコレットを見て、リュシエンヌは吹き出してしまう。

口の周りに綿あめがくっついて、まるで白い髭のようだ。

「ニコレット、お顔をみてごらんなさい」

コンパクトを取り出して見せてやると、ニコレットがきゃあっと悲鳴を上げる。

「やだ、おじいさんになっちゃった！」

ジャン＝クロードがにこにこしながら言う。

「どれ、パパにも味見をさせてくれるかい？」

「はい、どうぞ」

ジャン＝クロードは差し出された綿あめに、ニコレットがしたように顔を埋める。

「うん、なかなか美味《うま》いな」

そう言って顔を上げたジャン＝クロードの口の周りにも、綿あめが髭のようにまとわりついた。

「やだ、パパもおじいさんになっちゃったー」

ニコレットがあははと大笑いする。

ジャン＝クロードはニコレットの頭を撫でながら、リュシエンヌにそっと片目を瞑ってみせた。

父娘のやりとりに、リュシエンヌは幸福感で胸がいっぱいになり、涙ぐみそうだった。

青空には雲ひとつなく少し汗ばむくらいの陽気で、三人は一日中遊園地を満喫した。

ただひとつ残念だったのは、ニコレットが一番楽しみしていた観覧車が、整備中で停止していたことだ。

夕方、ジャン＝クロードに肩車をしてもらったニコレットは、片手に風船を片手に射的で獲得した犬のぬいぐるみを抱え、ため息をついた。

「あー、たのしかったぁ——でも、かんらんしゃにのりたかったなぁ」

ニコレットの細い足を抱えたジャン＝クロードが優しくなだめる。

「また来ればいいさ」

ニコレットがぱっと顔をほころばせる。

「えっ、ほんとう？　パパ、またきてもいいの？」

「もちろんだ」

ニコレットはジャン＝クロードの肩の上でバンザイをする。

「やったあ！」

その勢いでニコレットの手から犬のぬいぐるみがはずれ、地面に転がった。

「あ――」

傍にいたリュシエンヌが拾おうと、転々とするぬいぐるみを追いかけた。

すると、一人の女性がさっとぬいぐるみを拾い上げた。

彼女はぬいぐるみを手にすると、ゆっくり三人に近づいてくる。

「ごきげんよう、ジャン＝クロード」

ヴィクトーリアだった。

リュシエンヌはわずかに警戒して、ジャン＝クロードに身を寄せた。

ジャン＝クロードの片眉がわずかに持ち上がるが、彼は礼儀正しく挨拶を返した。

「ごんにちは、ヴィクトーリア。一人かい？」

「あら――私だって同伴してくれる男性くらいいるわ。はい、おじょうちゃん」

ヴィクトーリアはにこやかにぬいぐるみをニコレットに渡す。

ニコレットはにっこりして受けとった。

「ありがとう。おねえさん、とってもきれいですね」

ヴィクトーリアもにこりと笑い返す。

「あらあらお上手ね。ええと、リュシエンヌさんでしたっけ？　この度はジャン＝クロードとの結婚、おめでとうございます」

丁重に頭を下げられ、リュシエンヌは気持ちがほぐれる。

「ありがとうございます」

「どうぞ、幾久しくお幸せにね。今度ぜひ、なにか素敵なお祝いの気持ちを贈らせてちょうだいね」

「どうかお気遣いなく」

「ううん、ほかならぬジャン＝クロードの結婚ですもの。ぜったいに受け取ってね——じゃ、失礼しますわ」

ヴィクトーリアは終始にこやかに、その場を去っていった。

リュシエンヌは安堵してジャン＝クロードに話しかけた。

「よかった。わたし、ヴィクトーリア様に恨まれていると思っていましたが、誤解していたようで恥ずかしいです」

「——そうだね」

ジャン＝クロードはまだ眉を顰めている。

「私はお前より彼女のことをよく知っている——彼女は人一倍思い込みとプライドが高いんだ。お前のことを逆恨みしていないといいのだが——」

リュシエンヌはそっとジャン＝クロードのほうに両手を差し伸べる。

「さあ、もうそろそろ帰りましょう。ニコレットがおねむだわ。わたしが抱っこしましょう」

「お――そうだな」

ニコレットはジャン＝クロードの髪に顔を埋めるようにして、こくりこくりと船を漕《こ》いでいる。その顔には、幸福そうな笑みが浮かんでいた。

ジャン＝クロードはくたりとしたニコレットの身体を抱き下ろし、リュシエンヌに手渡しながら言う。

「――お前に大事なことを言い忘れていたよ」

「あら、なんでしょう？」

ジャン＝クロードは長身を少し屈《かが》め、リュシエンヌの耳元で囁く。

「結婚式を挙げよう」

リュシエンヌははっと顔を上げ、目を見開いた。

ジャン＝クロードの妻になれたことがあまりに幸せで、それ以上望むことなど思ってもいなかったのだ。

「そらその顔――私が言いださねば、欲のないお前からは決して口に出さないだろうと思っていたよ。いささか順序が逆だが、年内には盛大な結婚式を挙げようと思う」

「ジャン＝クロード様……」

目頭が熱くなる。

「お前には真っ白なレースのウェディングドレスがさぞ似合うだろう。もちろんニコレットににも、可愛い白いドレスを仕立ててやろう。三人で一緒に挙式に臨むんだ」

ほろほろと涙が零れてしまう。

「嬉しい……嬉しいです。わたし、こんなに幸せでいいのでしょうか？」

柔らかなニコレットの身体をきゅっと抱きしめ、すすり泣く。

「ばかなことを――これからもっともっと幸せになるんだ。私がきっとそうしてやろう」

ジャン＝クロードがたくましい腕で、ニコレットごと包み込む。

そうされるとしっかりと守られている気がして、身も心も安らぎをおぼえる。

「はい……もっと幸せにしてください」


ジャン＝クロードは結婚式に向けて、着々と準備を進めていった。

首都の中央に位置する大聖堂での挙式。その後、王室御用達《ごようたし》のロイヤルホテルの大広間を借り切っての披露宴。夕方からは屋敷の舞踏会場で、一晩中無礼講のダンスパーティー。翌日からは、ニコレットを伴っての湖沼地帯への新婚旅行。もちろんニコレットの体調を気遣って、医師が同行する予定だ。結婚式は、王室からの代行者が参列する予定になっていて、国王のジャン＝クロードへの信頼の篤《あつ》さを物語っていた。

首都でも近年にない盛大で華麗な結婚式になるだろう。

――遊園地に遊びに行って、数日後のことである。

その日は、リュシエンヌのウェディングドレスの仮縫いに、屋敷には仕立屋が訪れていた。

化粧室で仮縫いのウェディングドレスを着て鏡の前に立っているリュシエンヌの元に、ニコレットが飛び込んできた。

「うわあ、ママ、すっごくきれい！　めがみさまみたい！」

リュシエンヌは顔をほころばせながらも、ニコレットに言い聞かす。

「ニコレット。このお部屋には針やハサミがあるから危ないわ。仕立屋さんのたちのお邪魔にもなるから、メイドとお庭で遊んでらっしゃい」

「わかったー」

ニコレットは素直に化粧室を出て行った。

「なんと、天使のように可憐《かれん》なお嬢様ですね。奥様の仮縫いが済みましたら、お嬢様のドレスも採寸しましょう。奥様のドレスと同じベネチアンレースのドレスがよろしいでしょう。きっと本物の天使も裸足《はだし》で逃げ出すくらい、お美しく仕上がりますよ」

ベテランの仕立屋の主人が、にこやかに言う。

「そうね、おまかせいたしますわ」

リュシエンヌはニコレットのことを褒められて、頬を染めて頷いた。

二時間もかけて仮縫いが終わり、リュシエンヌは傍のメイドに声をかけた。

「ニコレットがお庭で遊んでいるはずなの。採寸したいので、呼んできてください」

「かしこまりました」

メイドは化粧室を出て行ったが、ほどなく慌ただしく戻ってきた。

「お、奥様……ニコレットお嬢様が見当たりません」

「なんですって？　お庭で遊んでいるはずでは――？　付き添いのメイドはどうしたの？」

そのメイドは青ざめてうつむく。

「前庭の木陰でうたた寝しているメイドを見つけ、揺り起こしました。ほんの数分、目を離しただけだと言うのですが……」

リュシエンヌは胸騒ぎがした。

「全員で、屋敷中を捜索させて！」

「かしこまりました」

メイドがすっ飛んでいく。

仕立屋の主人はただならぬことになったと察したのか、弟子たちに目配せした。

「では奥様――私どもはひとまずこれにて失礼いたします」

「ええ、そうしてください。またニコレットの採寸の件は後日に――」

言い終えるのももどかしく、リュシエンヌは化粧室を出た。

階段を駆け下り、玄関の前庭に出る。

「ニコレット、ニコレット！」

声を張り上げて名前を呼ぶが、返事はない。

「ニコレットお嬢様」

「ニコレット様」

屋敷のあちこちで、使用人たちが呼ぶ声がする。

(どこにいったというの？　勝手に外へ出て行くような子じゃないのに――知らない人についていかないよう、いつも言いきかせているのに――)

不安で心臓がばくばく言い出す。

ニコレットにいつ発作が起きるかも心配でたまらない。

と、そこに辞去したはずの仕立屋の主人が、門扉からあたふたとこちらへ走ってくる。

「奥様！」

「まあ、ご主人どうしたの？」

高齢の主人は、息切れしながらも声を振り絞る。

「今しがた、大通りでお嬢様と手を繋いで歩く女性の姿を見かけたのです」

「ええっ？」

「お嬢様に間違いございません。水色のドレスに赤いリボンで――」

「た、確かにニコレットの服装だわ――女性って……？」

「すらりと背の高い栗色の髪の美女でした。お嬢様はにこにこしてらして、警戒しているそぶりはありませんでしたが――」

リュシエンヌはぎくりとした。

ヴィクトーリア嬢？

「そ、それでどちらへ行ったの？」

「私は声をかけようとしたのですが、その前に女性が辻馬車を拾って、お嬢様と乗り込んで行ってしまわれて――ただ、向かった先は遊園地通りでした。その通りは、行き止まりに遊園地があるんです」

「遊園地ですって？」

ヴィクトーリアはニコレットを遊園地へ連れて行ったのか。

なぜ？　親切心？　いや、もしかして……。

「ありがとう、ご主人。わたし、遊園地へ――」

「この騒ぎはなにごとだ？」

落ち着いた深みのある声に、はっと振り返る。

従者を連れたフロックコート姿のジャン＝クロードが立っていた。

「ジャン＝クロード様！」

「お前の仮縫いを見たくて急ぎ仕事から戻ったが、もう終わってしまったか――どうした？　真っ青だぞ」

「ジャン＝クロード様、ニコレットが、ニコレットが――っ」

リュシエンヌは咳《せ》き込《こ》むように事の次第を話した。聴いていたジャン＝クロードの顔色が、みるみる変わった。だが、彼の態度は冷静だった。

「すぐ、馬車を戻せ！　あと、常駐の医者をすぐにここへ呼ぶんだ！」

ジャン＝クロードが従者に素早く命じる。

「はっ」

従者が厩《うまや》に走っていくと同時に、ジャン＝クロードはリュシエンヌの手を握る。

「だいじょうぶだ。遊園地なら危ないことなどない。ニコレットは無事だ」

きゅっと強く手に力を込められ、少しだけ気持ちが落ち着いた。

すぐに馬車がプロムナードに横付けされ、屋敷からは看護師とともに医師が駆けつけてきた。

「すまぬがドクター、娘が勝手に遊びに行ってしまった。連れて戻るので、念のため、私どもと同行願いたい」

初老の医師は深く頷く。

「かしこまりました」

ジャン＝クロードは馬車の扉を開くと、先にリュシエンヌを乗り込ませた。そのあとに、医師と看護師が向かいの席に、最後にジャン＝クロードが隣に乗り込んだ。

「川沿いの遊園地に、全速力だ！」

即座に馬車は走り出す。

「ああニコレット、ニコレット……」

膝の上でぎゅっと握りしめた拳を、そっとジャン＝クロードの掌が包み込む。

「ヴィクトーリアには私が話をする。心配ないから」

リュシエンヌは何度も頷き、もう片方の手をジャン＝クロードの手の上に重ねた。

近道に精通した熟練した御者のおかげで、馬車はすぐに川沿いの遊園地に到着した。

転げるように馬車を降り、ジャン＝クロードに手を握られて、遊園地の中に入る。

先日と同じく、遊園地の中は賑やかで明るく楽しい空気に満ちている。

「ニコレット、ニコレット！」

「ニコレット、どこだ？　ヴィクトーリア、返事をしないか！」

リュシエンヌとジャン＝クロードは、人目もはばからず声を枯らしてニコレットの名前を呼んで、探し回った。

突然、遊園地の奥の方から悲鳴とざわめきが上がった。

二人ははっと顔を向ける。

遊園地の一番奥には、大きな観覧車がある。

この間、ニコレットが乗り損ねてひどく残念がっていた。

そちらの方から、遊園地の係員らしき男がばたばたと走ってくる。

「大変だ！　観覧車が故障して、停止してしまった。中にお客様が――！」

通り過ぎようとした係員を、ジャン＝クロードがとっさに引き止める。

「君、観覧車に乗っているという客は？」

係員は早口で答える。

「若い女性と小さなお嬢さんです！　突然操縦レバーが効かなくなって――私は急ぎ修理屋を呼んでこなければ――！」

リュシエンヌは背後から鈍器で殴られたようなショックを受けた。

「うそ……まさか？　ニコレットが観覧車に？」

足元がふらついた。

ジャン＝クロードが素早く腰に手を回して支えてくれた。

「しっかりしろ！　行くぞ！」

リュシエンヌを抱き抱えるようにして、ジャン＝クロードが走り出す。

大勢の人々が、観覧車の周りを囲んで大騒ぎをしている。

「あそこに、子どもが――！」

人々が指差す方向を見上げると、観覧車の一番高いところで停止しているゴンドラの窓から、ブロンドの髪と水色のドレスの少女の姿が見えた。

「ああっ、ニコレット！」

リュシエンヌは恐怖で頭がくらくらした。

小さな窓から顔をのぞかせたニコレットは、にこにこしながら手を振っている。

「だめよ、ニコレット。大人しく座って――」

両手を口に当てて、大声で呼びかけようとして、リュシエンヌはぎくりと息を飲んだ。

ニコレットの背後にヴィクトーリアの姿が見える。

彼女は両手をニコレットの背後から手を伸ばし、窓を全開にしようとしていた。

「いかん――！」

ジャン＝クロードが低くつぶやく。

「修理はまだか？　まだ動かせないのか？」

ジャン＝クロードは操作レバーの傍にいる係員たちに、声をかける。

「まだです。修理屋がまだ――」

係員たちは狼狽しきっている。

「っ――」

ジャン＝クロードは顔を歪めた。

それから彼は、さっとフロックコートを脱ぎ捨てると、シャツを腕まくりしながらリュシエンヌに言う。

「リュシエンヌ、なんとかヴィクトーリアの気を引いてくれ。どんなデタラメでも嘘でもいい。

ヴィクトーリアを刺激しないようにして、なんとか時間をつなぐんだ！」

「は、はい――でもジャン＝クロード様は？」

その時には、ジャン＝クロードはすでに観覧車の鉄柱に手を掛けていた。

「あそこまでよじ登っていく。ニコレットを何としても救出する」

そう言うや否や、彼は身軽な動作で鉄柱をよじ登って行く。

「やめてください！　危ない――」

「時間がない！　ヴィクトーリアが私に気がつかないようにするんだ！」

ジャン＝クロードはそのまま脇目もふらず、上を目指していく。

「嘘……ああ、神様……どうしたら……」

リュシエンヌは足がガクガク震えて、とても声など出せないし、立っていられないと思った。

だが、ヴィクトーリアが窓を全開し、ニコレットの肩に手をかけるような仕草を目にした途端、全身がかあっと熱くなる。

リュシエンヌはすうっと深呼吸し、口元に両手を当てて、澄んだ声を張り上げた。

「ヴィクトーリア様、どうか無茶《むちゃ》なことはなさらないで！」

ヴィクトーリアの動きがピタリと止まる。

そして、彼女の耳障りな高笑いが降ってきた。

「この泥棒猫！　よくもジャン＝クロードを私から掠《かす》め取《と》ったわね！」

「あ、ママだ。ママー」

ニコレットが無邪気にこちらに手を振ってくる。

ヴィクトーリアがあざ笑うように言う。

「この間、あなたに結婚のお祝いを贈るっていったわよね。それがこれよ——あなたの一番大事なものを奪ってやるわ」

ヴィクトーリアの両手がニコレットの肩に置かれた。

（ニコレットが突き落とされる——！）

リュシエンヌは喉がからからになり、ごくりと生唾を飲み込んだ。必死で頭をめぐらせ、できるだけはっきりと声を張り上げた。

「ヴィクトーリア様——お許しください！　わたし、お金目当てでジャン＝クロード様と結婚しました！」

「——やっぱりそうだと思った」

ヴィクトーリアがわずかに両手の力を抜いたようだ。

「薄汚い女ね！」

ヴィクトーリアが嘲笑《あざわら》う。

リュシエンヌはちらりと鉄柱に視線を投げる。ゴンドラの窓と反対向きで、ジャン＝クロードはするすると鉄柱を登っている。早くもニコレットたちの乗っているゴンドラの真下まで近づいてきている。リュシエンヌはさらに声を張り上げた。

「狙い通り結婚できたので、手切れ金をたくさんいただいてから、離婚しようと思います――ですから、ニコレットにだけは手を出さないで！」

ヴィクトーリアが勝ち誇った声を出す。

「あら、離婚してくれるというの？」

「は、はい――わたしはジャン＝クロード様のことなど、好きでもなんでもないんです――欲しいのはお金だけ」

嘘を並べるのは苦痛だったが、今は緊急事態だ。

ジャン＝クロードはじりじりとニコレットたちの乗っているゴンドラに接近し、外から施錠されている扉に手をかけようとしている。

あと少しだ――ジャン＝クロードがゴンドラに乗り込んでくれれば、ヴィクトーリアの動きを阻止できる。

「嘘、じゃないでしょうね」

ヴィクトーリアが疑わしい声を出したので、リュシエンヌはひやりとする。

「嘘ではありません、今言ったことは、周りの人たちにも聞こえています。わたしは今日明日にでも、離婚いたしますから――」

「ふうん――」

ヴィクトーリアが考えを巡らすように、動きを止める。

ジャン＝クロードの手が、ゆっくりとゴンドラの扉の錠にかかる。

あと少しだ――。

その時、ぽかんとした顔でリュシエンヌとヴィクトーリアの会話を聞いていたニコレットが、目ざとくジャン＝クロードの姿を見つけた。

「あっ、パパだ、パパー、そんなとこでなにしてるの？」

ニコレットが身を乗り出すようにジャン＝クロードへ手を振った。

ヴィクトーリアがぎくりとして、ニコレットの視線の先に目をやった。

「あ――」

ヴィクトーリアの形相がみるみる変わり、彼女は反射的にどん、とニコレット̇の背中を突き飛ばしたのだ。

「きゃ……っ」

小柄なニコレットの身体が窓から飛び出し、ふわりと宙に浮く。

周囲の客から悲鳴が上がる。

「ああっ！」

リュシエンヌは思わず両手で顔を覆った。

真っ逆さまにニコレットが落ちてくる――。

「おおっ、やったぞ！」

隣の客が歓声を上げた。

リュシエンヌはぱっと顔を上げる。

間一髪。

ジャン＝クロードが長い腕を伸ばして、とっさにリュシエンヌのスカートを鷲掴《わしづか》みにしていたのだ。

「ああ……」

リュシエンヌは安堵で、腰が抜けそうになった。

もう大丈夫だ――そう思った。

＊＊＊＊＊＊＊＊＊

ニコレットが落ちる――そう思った瞬間、腕が伸びていた。

はっしとニコレットのスカートを掴んだジャン＝クロードは、そのまま自分の胸に彼女を引き寄せた。

「パパー」

幸いなことに、一瞬のことだったせいかニコレットは恐怖を感じなかったようだ。

ジャン＝クロードは左手で鉄柱の柵をしっかり握り締め、右手でぎゅっとニコレットを抱きしめた。

温かく息づく小さな身体が、せつないほど愛おしい、

ジャン＝クロードは落ち着いた声を出そうと努めた。

「いいかいニコレット。パパはニコレットに会いたくて、ちょっと木登りしてきたから、これから一緒に下りていくよ。しっかりパパの首につかまっているんだ」

「うん、わかった」

ニコレットは素直にジャン＝クロードに抱きついてくる。

「うわあ、たかいねえ。パパ、こわくなかった？」

ジャン＝クロードは一歩一歩、足元を確かめるようにして鉄柱を下り始める。

「うん、パパは全然こわくなかったよ。ニコレットに会いにいけると思ったからね」

登る時と違い、片手にニコレットを抱いている分、もう片方の手に負担がかかる。

しかし、腕に力を込め順調に下りていく。

徐々に、下で心配そうに見上げている人々の顔がはっきり見えてくる。その中には、青ざめた表情のリュシエンヌもいた。

リュシエンヌの渾身《こんしん》の嘘のおかげで、ヴィクトーリアに隙を作れた。

ジャン＝クロードには、未《いま》だに自分の行動が信じられないところもあった。

ほとんど無意識で鉄柱に掴まって登っていた。

なにがなんでもニコレットを救うのだ――その気持ちだけが自分を支配していた。

この無垢でいたいけな命を救うことだけで、頭がいっぱいだった。

自分の命に代えてもいい――。

今まで、自分の命と代償にできるものなどなかった。

リュシエンヌのためになら、命も捧げる熱い気持ちはあった。だが、ニコレットに対する気持ちはもっと切実なものだ。

自分の命の片割れ――そうはっきりと感じた。

ジャン＝クロードはその時、自分がやっとニコレットの父親になれた――と、思った。

「ニコレット」

ジャン＝クロードは首にしがみ付いているニコレットに、そっと囁く。

「愛しているよ、私の可愛い娘」

するとニコレットがぎゅうっと腕に力を込めた。

「あたしもパパのこと、だあいすき！」

まっすぐに自分に命を預けてしまうニコレットの存在に、胸が掻きむしられる。

そして――こんなふうにヴィクトーリアを追い詰めてしまったのは自分なのだと、強い後悔の念に駆られた。

　ヴィクトーリアが自分に気があることをわかっていながら、彼女を納得させる努力もせず、ただ突き放した。もっと——そう、リュシエンヌにしたように、自分のほんとうの気持ちを誠意を込めて話すべきだった。

　こんな事態を招いてしまった根源は、すべて自分にあるのだ。いつか、ヴィクトーリアに心を込めて謝罪しよう。

　だが今は、ニコレットを無事連れ戻すことが先決だ——ジャン＝クロードはぶるっと頭を振って邪念を振り払う。

「もうすぐだ。もうすぐママのところに戻れるぞ」

　ジャン＝クロードは次に握る鉄柱の格子を探ろうと、わずかに左腕に力を抜いた。

　その刹那——。

　一陣の強い風が吹き付けた。

「っ——」

　身体が大きく浮き上がる気がした。

　あっと思った時には、鉄柱から手が外れていた。

　眼下で見守っていた人々からどよめきが起こる。

「ああっ、いやああっ！」

ひときわ鋭い悲鳴は、確かにリュシエンヌのものだと思った。

落下する！

それはわずか数秒の出来事だったが、ジャン＝クロードには永遠の時間のように思われた。

「ニコレット！」

ジャン＝クロードはとっさに小さなニコレットの身体を腕の中に抱え込み、背中から落ちるように体位を入れ替えた。

直後、ずしん、と激しい衝撃が身体中に走り、目も眩むような激痛が襲った。

「ううっ――」

全身が痺れて指一本うごかせないまま、ジャン＝クロードはその場に倒れていた。

「パパあ？」

腕の中でニコレットがもぞもぞと身じろぎし、心配そうに顔を覗き込む。

視界がぶれて、うまくニコレットの表情が見えない。

「ああ、ジャン＝クロード様、ジャン＝クロード様っ」

逼迫《ひっぱく》した声とともに、リュシエンヌが抱きついてくる。

激痛が再び襲ってきて呼吸も苦しかったが、ジャン＝クロードは渾身の気力を込めて、声を振り絞る。

「リュシエンヌ――ニコレットは無事か？　――怪我は？」

リュシエンヌが嗚咽混じりに答えてきた。

「ああニコレットは傷一つありません！　ジャン＝クロード様、感謝します！」

ジャン＝クロードは自分が笑みを浮かべているのがわかる。

「そうか――よかった」

ニコレットの小さな手が、そっと頬に触れる感触がする。

「パパあ……いたいいたい？　ないているよ」

「――痛く、ないよ、ニコレット」

「そこ、どいてください！　奥様も少し離れて！」

馴染《なじ》みの主治医の逼迫した声が近づいてくる。

周囲でうわんうわんと人々の叫ぶ声が反響して、もはやリュシエンヌが何を言っているのかすら聞き取れない。

それきり、ジャン＝クロードは意識が薄れ、なにもかもが闇に飲み込まれてしまった――。

＊＊＊＊＊＊＊＊＊＊

ニコレットの主治医が同行していたのは、不幸中の幸いだった。

落下して意識を失ったジャン＝クロードを、医師はすぐさま診察した。

「全身打撲で、あばらと右腕の骨が折れている可能性があります。なにより、頭を強打していたら、大変なことになるかもしれない」

医師の言葉に、リュシエンヌは自分まで気を失いそうなほどのショックを受けた。

「ママ、パパ、ぜんぜんうごかないよ――しんじゃうの？」

ニコレットがべそをかきながら抱きついてくる。

「大丈夫よ、パパは強い人ですもの。ぜったいに大丈夫」

リュシエンヌはニコレットの震える身体を抱きしめ、頭を繰り返し撫でて慰める。

ほどなく、警察と救急医療隊がかけつけた。

主治医からジャン＝クロードの容態を聞いた救急員たちは、運んできた担架に彼をそっと乗せ上げた。

「奥様、一番近い首都病院にご主人を運搬しますので、救急馬車に同乗願います」

救急員の一人に声をかけられ、リュシエンヌはふらふらと立ち上がる。

茫然自失《ぼうぜんじしつ》だったが、ニコレットの手だけはしっかりと握っていた。

「操作レバーの故障が直ったぞ！」

近くで遊園地の係員の声がし、がたんと音がして、観覧車がゆっくり回り始めた。

「あ、ママ、かんらんしゃがうごいたよー」

ニコレットが後ろを指差した。

「――」

ジャン＝クロードを運ぶ担架に付き添いながら、リュシエンヌはちらりと背後を振り返った。

地上に到着したゴンドラの中から、幽霊のように真っ青な顔をしたヴィクトーリアが出てくる。待ち受けていた警察官たちが、すかさず彼女を取り囲んだ。

こちらに向かって許しを乞うように両手を差し伸べたのが、ヴィクトーリアを見た最後になった。

ジャン＝クロードは、全治三ヶ月の重傷だった。

肋骨《ろっこつ》が二本と左腕手首が折れていた。

全身に数え切れないほどの打撲傷。

それよりなにより――。

ジャン＝クロードは意識不明のままだったのだ。

落下した時に頭部をひどく打ち付けており、それが原因だという。回復の望みはほとんどない――そう医師に告げられた時には、リュシエンヌはこの世の終わりが来たかのような絶望に襲われた。

ついさっきまで、親娘三人での結婚式を迎える日を楽しみにしていたのに――。

血の気の失《う》せた顔で病院のベッドに横たわるジャン＝クロードを見た時には、リュシエンヌはともに死んでしまいたい、とすら願った。

けれど、ニコレットがいる。

ジャン＝クロードが命を賭して救ってくれた小さな命。

ジャン＝クロードと自分を結ぶ絆《きずな》の証。

この命だけは守らなければ。

ジャン＝クロードの願い――それはきっと、リュシエンヌと同じだ。

ニコレットが健康でいつも明るく楽しく、心の底から笑っていられること。

「ジャン＝クロード様……」

リュシエンヌはベットの傍に跪き、氷のように冷たいジャン＝クロードの手を両手で包んだ。

男らしい骨ばった大きな手に口づけを繰り返し、額を押し当てた。

「わたし、もう泣きません……あなたがいつか必ず目覚めると信じて――それまでニコレットを大事に育てます。ドラクロア家をしっかりと支えていきます」

声に出してそう何度も繰り返したのだった。


「ママー、早く早くぅ」

病院の廊下を飛ぶように走っていくニコレットに、リュシエンヌは小声でしかしきっぱりと注意した。

「ニコレット、病院では静かにするのよ。患者さんたちのご迷惑ですから」

「はぁい」

ニコレットは途中で立ち止まり、おとなしくリュシエンヌが追いつくのを待っている。

「ママ、バスケットがわたしが持つね」

ふいにニコレットが、リュシエンヌの提げてきたバスケットを自分から受け取った。

「ありがとう、助かるわ。でも、重くない？」

ニコレットは我に返り、にっこり微笑む。

「へいき、へいき」

両手でバスケットを提げて、とことことジャン＝クロードの病室に向かうニコレットの姿に、リュシエンヌは感無量になる。

ジャン＝クロードが意識不明になってから二年近い月日が流れ、ニコレットの背丈はぐんと伸びた。身長だけではなく、心も健やかに成長し、優しい思いやりのある少女に成長した。

リュシエンヌの方も、すっかりドラクロア家の女主人としての風格が身につき、二十二歳という若々しさに、しっとりとした落ち着きも加わって、匂いたつように美しい。

と、廊下の向こうから、中年の心臓外科の医師が歩いてくるのが目に入った。

「こんにちはニコレット、お父さんのお見舞いかい？」

「こんにちわ、カミュ先生。そうよ」

カミュと呼ばれた医師はニコレットに親しげに声をかけると、リュシエンヌに顔を振り向ける。

「ドラクロア夫人、先週のニコレットの検査の結果は良好です。心臓の動きも変わりなく、このまま順調に回復するでしょう」

「ありがとうございます。難しい手術が成功したのは、先生方のおかげです」

リュシエンヌは深々と頭を下げた。

「いやいや、お嬢さんの生きようとする力が素晴らしかったからですよ——きっと、お父さんが目覚めるまで絶対生き抜いてやる、という強い思いがあったからでしょうね」

「そうですね。きっとそうでしょう」

リュシエンヌは胸がじんとして、言葉を噛みしめる。

カミュ医師が去った後も、胸に去来する様々な思いに、ぼんやり立ち尽くしていた。

半月前、充分体力が付いたニコレットは、心臓の手術を受けた。

リュシエンヌはジャン＝クロードの回復を待ちたかったが、これ以上月日を重ねるのはニコレットの命にかかわるということで、決心した。

なにより、ニコレット自身の言葉が背中を押してくれた。

「わたしはだいじょうぶだよ、ママ。元気になったわたしを、パパに見せてあげるんだから」

十二時間にも及ぶ大手術は無事成功した。

育ち盛りのニコレットの回復力は目覚ましく、今では発作を起こすこともなく元気に走り回れるまでになったのだ。

この姿を、早くジャン＝クロードに見せたいのに——。

「今日こそ、パパは目をさますといいなあ」

病室のドアを開けながら、ニコレットがつぶやく。

「そうね、ほんとうに——」

南向きの明るい病室の清潔なベッドの上に、ジャン＝クロードが横たわっていた。

怪我や骨折はすっかり癒えたが、意識だけが戻らない。

幸い、病院側とリュシエンヌの懸命な看護のおかげで、ジャン＝クロードは見た目は以前とほとんど変わらず、精悍《せいかん》で大人の色気の漂う美貌を保っていた。

今にも起き上がって、

「リュシエンヌ——私の可愛いリュシエンヌ」

と、呼んでくれそうだ。

彼を見つめていると、思わず鼻の奥がつーんとしてきて、リュシエンヌは悲しい気持ちを振り払うようにニコレットに明るく声をかける。

「それじゃあ、パパの花瓶のお花を換えてあげてくれるかしら」

「はあい」

リュシエンヌの方は、備え付けの洗面器に水を汲《く》み、清潔な布巾を絞って、ジャン＝クロードの身体を丁寧に清拭《せいしき》していく。

さすがに筋肉が落ちて細くなった身体を見ると、胸が抉られるような思いだ。けれど、気持ちを奮い立たせ、明るく話しかける。

「さあ綺麗になったわ、ジャン＝クロード様。次は綺麗な寝巻きに着替えましょうね」

意識不明で反応がなくても、リュシエンヌは常にジャン＝クロードに話しかけるようにしていた。きっと自分の声はジャン＝クロードに届いていると信じている。

けれど、ピクリともしないジャン＝クロードの姿を目の前にすると、堪えていた涙が溢れそうになる。

「ママ、お花のお水かえてきましたよー」

ニコレットが持参してきた新しい花を生けた花瓶を大事そうに抱え、病室に戻ってきた。

リュシエンヌは慌てて目尻に溜まった涙を指で拭う。

「あ、ありがとう。そこに置いてちょうだい」

「はあい」

ベッド際の小机の上に花瓶を置きながら、ニコレットがいいことを思いついたように振り返る。

「ねえねえ、ママ。おとぎ話の眠り姫は、王子さまのキスで目をさましたんだよ。だから、ママもパパにキスしてあげるといいよ」

リュシエンヌはニコレットのあどけない言葉に微笑む。

「ふふ、そうねぇ――だといいんだけれど」

するとニコレットは生真面目な顔で言い返す。

「ぜったいそうだよ。パパ、ママのキスを待ってるんだって！」

「わかったわ」

そうだ――ジャン＝クロードが意識不明になってから、彼との触れ合いは身体を拭いてあげるときくらいだ。

あんなにも求めあい、互いの身体を愛しあったのに――。

リュシエンヌはおもむろに身を起こすと、ジャン＝クロードの身体に覆いかぶさるようにして顔を寄せた。

「ジャン＝クロード様……」

長い睫毛を伏せた端整な顔――愛しい顔。

「愛しています」

そっと唇を重ねる。

少しカサついたひんやりした唇の感触に、胸が締め付けられる。

いつの間にかニコレットが傍にきて、瞬きもせず二人を見つめていた。

「ね……どう？」

ニコレットが声を潜める。

「どうかしらね」

わずかに顔を離し、リュシエンヌはじっとジャン＝クロードを見つめる。

せつなくて愛しくて、喉元まで涙が込み上げてくる。

「愛しているわ、ジャン＝クロード様！」

思いの丈を込めて告げる。

――。

「？――!?」

わずかにジャン＝クロードの睫毛が震えたような気がした。

「ジャン＝クロード……様？」

耳元に顔を寄せ、小声で囁く。

ジャン＝クロードのぴくりと閉じた瞼が引き攣った。

「あなた！　わたしです、リュシエンヌです、ここにいます！」

思わず声を張り上げていた。

「――」

ゆっくりとジャン＝クロードの瞼が上がる。

リュシエンヌは息を詰めて彼を見守っていた。

澄んだ青い瞳の視線が、焦点を結ばずにしばらく彷徨《さまよ》っていた。やがて、彼の目線がまっすぐにリュシエンヌに向けられる。

ジャン＝クロードの唇がぷるぷると震えた。

そして、低く掠れた声が漏れる。

「リュシエンヌ――？」

「あ、ああ……！」

嗚咽が込み上げてきて言葉にならない。

ぽろぽろ涙を零しながら、こくんと深く頷いた。

ジャン＝クロードがかすかに微笑む。

「――長い長い夢を、見ていたようだ――いつもどこかで、お前が私を呼んでいたような」

そろりとジャン＝クロードの片手が持ち上がり、リュシエンヌの涙で濡れた頬に触れた。

「夢では、ないな」

「パパ……パパ、パパ！」

傍で呆然と立ち尽くしていたニコレットが、弾かれたようにジャン＝クロードに飛びついた。

「お前――ニコレットか？」

「そうよ、パパ、ニコレットだよ、パパっ」

ジャン＝クロードがもう片方の手を伸ばし、ニコレットのふわふわしたブロンドを撫でた。

「大きくなった――な。私のお姫様は」

ニコレットがぶわっと涙を流す。

「パパ、パパぁ、パパ……あいたかったよお」

ニコレットはジャン＝クロードの首に両手を回し、強く抱きついた。

「パパもだ――お前に会いたかったよ」

リュシエンヌはジャン＝クロードの手を両手で包み、愛おしげに頬を擦り付ける。

「お帰りなさい、あなた……愛しいわたしの旦那様……」

「――リュシエンヌ、可愛い私のリュシエンヌ」

その言葉に、じんと全身が甘く震えた。

三人は長いことじっと抱き合い、互いのぬくもりを確かめ合ったのだった――。


それから三ヶ月後――。

長く苦しいリハビリを終え、ジャン＝クロードは三年ぶりにドラクロアの屋敷に戻ってきた。

左右をリュシエンヌとニコレットで支えて馬車を降り、玄関プロムナードの前に来ると、屋敷の使用人たちが全員がずらりと並んで出迎えていた。

「よ、よくぞご無事でお戻りを、ご当主様——屋敷者一同、この日をどんなに心待ちにしていましたでしょう」

年配の執事長が前に進み出て、涙まじりで言う。

「お帰りなさいませ、ご当主様！」

使用人たちが声を揃え、深く頭を下げる。

「心配をかけた、みんな——私はこうして元気に戻ってきた。なにもかも、お前たちと——」

ジャン＝クロードは左右に付き添っているリュシエンヌとニコレットを、両手で引き付ける。

「愛しい妻と娘の誠意と努力のおかげだ——感謝するぞ」

使用人の多くの者が、感涙にむせんだ。

屋敷の中に入ると、ジャン＝クロードは懐かしげに周囲を見回した。

「ああ——全く変わっていない。いや、前よりずっと明るく住み心地がよさそうだ」

ジャン＝クロードはリュシエンヌを抱き寄せる。

「なにもかも——お前のおかげだ、ありがとう。感謝してもし尽くせぬ」

「いいえ——ジャン＝クロード様……あなたが帰ってきてくださった——もうそれだけでわたしは充分です」

ジャン＝クロードの広い胸に顔を埋め、リュシエンヌは頬を染める。

二人の様子をにこにこ見ていたニコレットは、ふいに思いついたように言う。

「あ、そーだ。わたし、ピアノのおけいこあったんだ。ちこくしちゃう。パパ、またあとでね！　夜、わたしのピアノ、聞かせてあげる！」

ニコレットがぴょんと跳び上がり、そのまま廊下の向こうへ駆けていく。

リュシエンヌは慌てて注意する。

「おうちの中は、走らないで、ニコレット」

「はあい、わかってる」

ニコレットは背中を向けたまま、手をひらひらと振った。

その健康な走り姿を、ジャン＝クロードは感無量の面持ちで見つめていた。

「もうすっかり、いいのか？　ニコレットは」

「はい。手術は大成功で、もうニコレットの発作も起こりません」

ジャン＝クロードが深くため息をついた。

「ニコレットの大事な時に、私は付いていてやれなかった——なにもかも、お前一人で背負わせてしまったのだな」

「そんなこと、ありません」

リュシエンヌはジャン＝クロードの手を握り、ゆっくりと階段を先導しながら、にこやかに答えた。

「いつもあなたはわたしと一緒でした」

リュシエンヌはとんとんと、自分の胸を叩く。

「ここに――ジャン＝クロード様はずっとおられました」

ジャン＝クロードの目が眇められる。

「リュシエンヌ――」

「お疲れでしょう。晩餐まで、少しお休みになってください」

リュシエンヌは夫婦の寝室にジャン＝クロードを導き、ベッドの端に彼を座らせて着替えを手伝う。

「――ひとつ、尋ねていいか？」

ジャン＝クロードがうつむき加減でぽつりと言う。

「はい、なんでも」

ジャン＝クロードの前に跪きシャツのボタンを外しながら、リュシエンヌが顔を上げる。

「ヴィクトーリアは、どうしている？」

リュシエンヌははっと手を止める。

遊園地の一件以来、ジャン＝クロードはその後のことは何も知らないのだ。

「――彼女は警察に捕まって、全てを白状なさいました」

リュシエンヌは、当時のことを思い出しつつゆっくりと言葉を紡ぐ。

「あの日、門扉越しに庭で遊んでいるニコレットに声をかけ、連れ出したそうです。門番も顔見知りのヴィクトーリア様なので、油断していたらしいの。遊園地の観覧車は、あらかじめ席を全て買い占めておいたそうです。そして、侍従に命じて操作レバーに石を噛ませて故障させて――」

その後の事件のことは、思い出すだけでも恐怖で震えてきそうだ。

「ヴィクトーリア様は、誘拐罪傷害未遂罪で起訴されましたが、執行猶予がついて――今は、外国に住んでいる親戚の叔母様のもとで静養中と聞いています」

ジャン＝クロードはわずかに目を見張る。

「執行猶予――もしやお前が情状酌量を願い出たのか？」

リュシエンヌはこくりと頷いた。

「はい――ニコレットの命を奪おうとしたことは到底許せません。でも――ジャン＝クロード様ならきっとそうしただろうと、思ったんです」

ジャン＝クロードの手が下りてきて、リュシエンヌの髪の毛を愛おしげに撫でる。

「その通りだ。ヴィクトーリアを追い詰めたのは、私の心無い言動のせいなのだから」

リュシエンヌは首を振る。

「もう、ご自分を責めないでください――なにもかも、終わったことなんです」

ジャン＝クロードを寝巻きに着替えさせ終わると、リュシエンヌはおもむろに立ち上がる。

「さあ、少し横になられて――」

ふいに手首を掴まれ、引き寄せられた。

「あ――」

ジャン＝クロードの胸に倒れこむ形になり、狼狽《うろた》えた。

「もう、寝飽きたよ」

ジャン＝クロードが吐息で笑う。

「それより――」

最後まで言わず、ジャン＝クロードはリュシエンヌの顔を両手で包み込み、仰向かせる。

「あ」

唇が性急に重ねられた。

「あ、ん、ん……」

その久しぶりの感触に、全身がじいんと甘く痺れる。

「……ふぁ、あ、んん、んっ」

唇を割って、ぬるつく熱い舌が口腔に押し入ってくる。

ジャン＝クロードは全てを味わい尽くすように、歯列、唇の裏、口蓋、喉奥まで丹念に舐め回し、最後に舌を絡めて強く吸い上げてくる。

「あ、あぁ、んん、はあ、は……ぁ」

息をも奪いそうな深い口づけに、あっと言う間に感じ入って、気が遠くなる。

舌の付け根を思い切りちゅうっと音を立てて吸い上げられた刹那、頭が真っ白になって全身が強張った。

「……は、はぁ、あ、ああ……」

身体から力が抜け、リュシエンヌはぐったりとジャン＝クロードの胸にもたれかかった。

リュシエンヌの唇の端から溢れた唾液を啜り上げながら、ジャン＝クロードが艶っぽい声で囁いた。

「口づけだけで、達ってしまった？」

「や……言わないで……」

恥ずかしさに頬を火照らせ、首をふるふると振る。

「可愛い——私の愛しいリュシエンヌ」

ジャン＝クロードは顔じゅうに口づけの雨を降らせながら、リュシエンヌのドレスの背中のボタンを外していく。あっという間に背中が露わになった。

「あ……だめ……」

素肌にジャン＝クロードの手が這い回る感触にぞくぞくしながらも、彼から身を引き剥がそうと力ない抵抗を試みる。

「なぜ？」

「だって……帰ってきたばかりで、こんな……」

「私は何年眠っていた？　三年だ――三年分の、お前を愛したい」

ジャン＝クロードが首筋に顔を埋め、柔肌に歯を立ててくる。背中から回った手が、乳房を包み込んでゆっくりと揉みしだく。

「んぁ、あ、や……だめ……ぁ」

長い指先が、尖りはじめた乳首をこりこりと摘み上げると、痛みを感じるほど痺れる疼きが下腹部を襲い、媚肉がざわめいてせつなくなって仕方ない。

「もうこんなに固くして――」

ジャン＝クロードは指の腹を掠めるように乳嘴を撫で回す。指紋のざらざらまでわかる気がするほど、そこは敏感になっていた。

「あ、あ、だめ、あ、も、そんなに……」

乳首を転がされたり抓《つね》られたりされるたびに、ぐんぐん体温が上がり、耐えきれない疼きが下腹部の奥を走り回る。

腰がどうしようもなくうねってしまう。びくびくと内壁が震える。

「や、あ、や、あ、ああ、だめ、だめ、だめっ……っ」

熱い快感があっという間にせり上がり、リュシエンヌは背中を弓なりに仰け反らして嬌声を上げた。瞼の裏に愉悦の火花が弾ける。

「あ、あ――……っ」

爪先に力が入り、四肢が硬直した。

「……は、あぁ、はぁ……っ」

乳首の刺激だけで達してしまった。

次の瞬間、がくりと力が抜け、ジャン＝クロードの腕の中に倒れこむ。

「これだけで達してしまったのかい？　ずっとずっと、私を待ち焦がれていたんだね」

ジャン＝クロードの声もせつなく掠れている。

彼の手が、スカートを大きく捲り上げ、下履きを性急に引き下ろすと、すでにそこに溜まっていた愛蜜がとろりと太腿まで滴った。

「もう、こんなにして――」

ジャン＝クロードの指先が陰核をぬるりと掠める。

「ひあ、あ、やあっ、あああああっ」

鋭い喜悦が身体の中心を走り抜け、再び極めてしまう。

とろとろと新たな愛蜜が吹き出し、ジャン＝クロードの手を淫らに濡らした。

「可愛いね、どうしたって感じてしまうんだね。私が欲しくてたまらないんだね」

ジャン＝クロードが寝巻きの裾をたくし上げ、すでに凶暴なまでに反り返っている己が欲望を掴み出す。

「私もだ――お前が欲しくてたまらない」

張り詰めて先端に先走りの雫《しずく》を溜めている剛直を目にした途端、リュシエンヌの理性は吹き飛んだ。

「あ、ああ、ジャン＝クロード様……っ」

自らジャン＝クロードの膝上に跨る格好になり、両手を彼の首に回して引き付ける。

「もう、来て、お願い……あなたが、欲しい……っ」

潤んだ瞳で見上げると、ジャン＝クロードも同じように欲望に光る眼差しで応えてくれた。

「ああリュシエンヌ――！」

とろとろに蕩けた膣腔に、太くたくましい先端が押し当たったかと思った直後、一気に貫かれた。

「あ、ああああっ、あ――っ」

瞬時に絶頂を極めてしまう。

「く――熱い、蕩けて」

ジャン＝クロードがぶるりと腰を震わせ、深く息を吐いた。最奥まで突き入れて、そのまま真下からがつがつと腰を穿ってきた。

「あ、あぁ、あ、だめ、あ、そんなにしちゃ……っ」

子宮口まで突き上げられるたび、絶頂に飛んだ。

「やあぁ、あ、奥、すごい、あぁあ、すごくて……っ」

こんなにも乱れて感じ入ったのは、初めてだった。

「すまない――我慢がきかぬ――もう」

ジャン＝クロードの艶っぽい囁きに、ぎゅっと目を瞑る。

愛する人に満たされる幸せ、ひとつになれる悦び――。

こんな日が来ることを、ずっと待っていたのだ。

「ん、あぁ、あぁ、すごい、あ、また、あ、達くっ……」

がくがくと激しく揺さぶられ、リュシエンヌは甲高い嬌声を上げて繰り返し極めた。

「愛している、愛している、リュシエンヌ」

ジャン＝クロードはがむしゃらに腰を繰り出し、何度も愛を告げる。

「ふあ、あ、わ、たしも、愛しています、あぁ、悦い、悦いっ」

「奥が、吸い付く――素晴らしい――一度、達くぞ」

「あ、ああ、きて、ああ、はやくきて、お願い、一緒に……っ」

ジャン＝クロードの腰の振動に合わせ、リュシエンヌも自ら腰をうごめかす。

「やぁ、こんなの、初めて……あ、あ、達く、達っちゃ……う」

「く――たまらない、私も――」

「あ、ああ、あああぁっ」

脳裏が真っ白に染まり、媚悦の閃光が瞬いた。あまりの快感にかっと目を見開いたが、視界にはなにも映らない。

どくどくと、最奥でジャン＝クロードが熱く迸る。

二人は同時に果てた。

「ああ、あぁ、あ、はぁ……」

「ああリュシエンヌ――」

二人はきつく繋がったまま、忙しない呼吸を繰り返す。

やわやわとうごめく膣壁は、なお勢いを失わない肉棒に絡みつき、きゅうきゅうと締めては、また短い絶頂をリュシエンヌに与えてくる。

「――愛している、もう一度だ」

耳孔に掠れたバリトンの声が吹き込まれ、それだけで背筋がぞわっと総毛立つ。

「愛しています……」

深い充足感と幸福感に包まれ、リュシエンヌはうっとりと目を瞑る――。

# あとがき

皆様、こんにちは！

すずね凜です。

今回は、いわゆるシークレットベビーものです。

最近、ママがヒロインのお話もちょくちょくオファーいただいて大変楽しく書いております。

ええと——不詳私、子育て経験がございます。

ということは、出産経験もあるということで（当たり前だ）

先日、臨月の女性が病院に向かう電車の中で産気づき、車中で出産したというニュースがありました。

幸い乗客や駅員さんたちの協力で、母子ともに無事であるということで、おめでたい心温まるお話なんですが——。

一部のネットでは、

「電車で産むなんて不謹慎」

「臨月なのに出歩くな」

「なぜ我慢して病院まで行かないのだ」

などと言われのない批判が出ていたようです。

あのー……。

産む直前まで仕事して、出産した翌日から仕事していたツワモノの私から言わせていただけば――アホかいな！

よほどのことでなければ（切迫流産の恐れがあって入院している人など）、出産のする日にちを自分でどうにかできるなんて無理。

臨月で寝込んでいる女性なんて、なにかしらの身体の不調のある人ですよ。

ある程度歩きなさい、動きなさい、と言われます。

私なんか、予定日とっくに過ぎても産まれず、あんまりお腹が苦しいから、どうーしたと思います？　縄跳びしたんですよ。そうしたら、陣痛きました。

うわ、乱暴――良い子の妊婦さんはけっして真似しないでね。

でも、じーっと閉じこもって出産を待っている妊婦さんなんて、今時いません。

だって、いつ破水するか陣痛くるかなんて、当人にもわかんないんですもの。

それに、出産にかかる時間だって十人十色。

数日もかかる人から、数分（オーバーかな）で産んでしまう人もいます。

私なんか、初産から早くて。

初めてなんで、破水したこともあんまり分からず、家でのほほんとしていたら、赤ん坊がどんどん降りてくるんですね。もう超特急で。

病院では、十分おきに陣痛が来たらいらっしゃい、なんて言われてたんで、時計片手に測っていたら、あっという間に十分おきに、つかもう数分おき、オイやばいじゃん。

当時私は家に一人きりで、いかん、ここで一人で産んでしまうかもしれないっ、て焦りました。本当はタクシー呼ぶ予定だったんですが、もう間に合わない感じ。

んで、どうしたかといえば。自分で車運転して、病院に行ったんです。

間に合わなければ、途中で車を道に寄せ、もうここで産んじまおうと。やけくそです。

ギリ病院に滑り込み、もうそこで一時間足らずで産みました。

いやあ、焦った焦った。母子ともに無事でございました。

んで、これに懲りた私は、二人目の時にはうちから一番近い産院を選んだんですね。

車なら五分というところ。

さて臨月。

相変わらずぎりぎりまで仕事してました。

そしたら、またまた家に一人きりの時に陣痛が！　なんでこのタイミング？

また自分で車運転していくのかよ、と思いましたが、まあ余裕かな、なんて。車庫に行って車を出そうとしたら、な、なんと、バッテリー切れでした！

動かーん。

ヤバイよ、どんどん子どもが降りてくるよ。このままじゃ、車庫で産んじゃうよ。野良ネコの出産じゃないんだから。歩いて行こうとしたら、その刺激でますます子どもがすごい勢いで降りてくる。激痛だし、焦るし——ええいもう！

私はママチャリに飛び乗って、産院に向かったのです。歩いて行くよりは早いってだけで。チャリ漕いでる間にも、もうすぐそこに赤ん坊の頭が来てるのがわかって、ほんとうに道端で産んじゃうかもって、焦りました。良い妊婦さんは決して真似しないように。

滑り込みセーフで産院へ。あっという間に出産しました。幸いに母子ともに無事でした。


今回、ずっと憧れていた天路ゆうづつ先生にイラスト描いてもらって、もう感謝感激です。先生の描くキャラはそれはもううっとりするほど華麗で優美で……。今回は、可愛い娘のイラストも素敵です。皆様も先生の華麗なイラスト、お楽しみください。

そして、今回も編集さんにはお世話になりっぱなしです。頭が上がりません。

最後に、読んでくれたあなたに、最大の感謝を贈ります。

いつも感想をくださる方もおられて、ほんとうに嬉しいことです。

次回もロマンチックで官能的なお話でお会いできることを願ってやみません。

すずね凜

溺愛花嫁
朝に濡れ夜に乱れ
すずね凜
Illustration ウエハラ蜂
おかしくなっていいよ、
これが好きだろう？
花嫁選びの儀式で皇太子リュシアンの妃に選ばれ真っ青になるエヴリーヌ。美しく有能な王子は彼女に対してだけ昔からとても意地悪だったからだ。エヴリーヌをアマガエルのようだとからかい、昼夜問わず淫らな悪戯ばかり仕掛けてくるリュシアン。「やめないよ君がうんと言うまで。私の花嫁になるね？」激しく抱かれ、甘い悦楽を教えられて揺れ動く心と身体。王子の真意を測りかねている時、彼と父王との確執を知ってしまって⁉

すずね凜
Illustration なま
皇帝陛下の溺愛婚
獅子は子猫を甘やかす
もう待たない。お前は
もはや私のものだから。
幼い頃から憧れていた美しく凜々しい皇帝レオポルドに見初められ、側室に召し上げられたシャトレーヌ。獅子皇帝と呼ばれ気性が荒いことで有名な皇帝は年より幼く見える彼女を、マ・シャトン(私の子猫)と呼んで舐めるように溺愛する。「これで――お前はほんとうに私のものだ」逞しい彼に真っ白な身体を開かれ、毎日のように愛されて覚える最高の悦び。さらにレオポルドはシャトレーヌを唯一人の正妃にすると言いだして――!?

溺愛偽婚
新妻は淫らに乱され
すずね凜
Illustration ウエハラ蜂
意地悪王×ツンデレ王妃
両国の安定のため、幼い頃意地悪をされたアルランド国王オズワルドとの結婚を決めたクリスティーナ。再会した彼は逞しい美丈夫に成長していたが、昔されたことや、皮肉っぽい態度にとても素直になれない。迷いつつ迎えた初夜、情熱的な愛撫でクリスティーナを翻弄するオズワルド。「すぐに君から私を欲しいとねだるようにさせるさ」からかいながらも甘く求めてくる彼に、悔しく思いつつときめいてしまうクリスティーナは!?

すずね凛
Illustration Ciel
身代わりの新妻は
伯爵の手で甘く囀る
子作りのための結婚!? 冷たい
はずの夫の指は狂おしく甘くて
男爵令嬢アデルは出奔した姉の身代わりに家の負債を肩代わりしてくれる伯爵の元に嫁ぐことに。相手のローレンスは意外にも若く美しい男性だった。思わずときめくも、彼は跡継ぎのためだけの結婚だと彼女を突き放す。傷付くアデル。だが初夜の彼は初めての彼女に優しく触れ、官能を教えてくれる「いいね。君はどこもかしこも感じやすい」次第に彼の誠実さを知り心惹かれるアデルだがローレンスも初々しい彼女に心を動かし始め!?

人間不信な
王子様に嫁いだら、
執着ワンコと化して
懐かれました
葉月エリカ
Illustration Ciel
やっと、叶った……
僕は今、君を抱いてる
グランソン伯爵の落とし胤であるティルカは、父の命令で第一王子のルヴァートに嫁がされる。彼は落馬事故により、足が不自由になっていた。本来の朗らかさを失い、内にこもるルヴァートは結婚を拒むが、以前から彼を慕うティルカは、メイドとしてでも傍にいたいと願い出る。献身的な愛を受け、心身ともに回復していくルヴァート。「もっと君に触れたい。いい?」やがて、落馬事故が第二王子の陰謀である疑惑が深まり!?

Mitsuneko Label

蜜猫文庫をお買い上げいただきありがとうございます。
この作品を読んでのご意見・ご感想をお聞かせください。
あて先は下記の通りです。

〒102-0072　東京都千代田区飯田橋 2-7-3
(株)竹書房　蜜猫文庫編集部
すずね凜先生 / 天路ゆうつづ先生

# ママになっても溺愛されてます♥
## ～孤独な侯爵と没落令嬢のマリッジロマンス～

2018年3月1日　初版第1刷発行

著　者　すずね凜　
発行者　後藤明信
発行所　株式会社竹書房
〒102-0072 東京都千代田区飯田橋 2-7-3
電話　03(3264)1576(代表)
03(3234)6245(編集部)
デザイン　antenna
印刷所　中央精版印刷株式会社



Printed in JAPAN
ISBN978-4-8019-1389-9　C0193
この作品はフィクションです。実在の人物・団体・事件などには関係ありません。